Geschichten, die das Leben schrieb

HELMUT PREUSSLER

Geschichten, die das Leben schrieb

Der Autor erzählt, was er alles erlebt hat.
Diese hinreißenden und wahren Geschichten
sind ein Lesevergnügen
und bedeuten Stunden der Heiterkeit und der Entspannung.
Eine lustige, seltsame, kuriose, unterhaltsame,
humoristische und ernste Entdeckungsreise,
erzählt in leichtem Ton.
Zum Schluss kommt die Erkenntnis,
dass wir alle nur Menschen sind.

Bibliografische Information der Deutschen Nationalbibliothek:
Die Deutsche Nationalbibliothek verzeichnet diese Publikation
in der Deutschen Nationalbibliografie; detaillierte bibliografische
Daten sind im Internet über https://portal.dnb.de/ abrufbar.

© 2020 Helmut Preußler
Satz, Umschlaggestaltung, Herstellung und Verlag:
BoD – Books on Demand, Norderstedt

ISBN: 978-3-7526-8168-0

Inhalt

So schnell wird man alt

Es war in der deutschen Hauptstadt Berlin. Ich war gerade 60 Jahre alt geworden. Man hat mich allgemein für jünger gehalten, nirgends ein Wehwehchen, ich spürte noch die Kraft meiner Jugend.

Es war Sonntagnachmittag. Ich betrat in der Normannenstraße den ehemaligen Stasihauptsitz. Nach der Wende konnte man die Gebäude besichtigen, sogar das Büro des ehemaligen Stasichefs Miehlke.
Ich war einer der ersten Besucher an diesem Nachmittag. Als ich zur Kasse am Eingang trat sagte ich:« Einmal Eintritt bitte».
Die Frau im Kassenhäuschen: »Ach, Sie sind Rentner, da haben Sie ermäßigten Eintritt.«
Ich erschrak. »Ja«, stotterte ich verlegen, »ich bin Rentner«. Über den ermäßigten Eintritt konnte ich mich nicht recht freuen. Ertappt war ich. Jetzt wirst du alt.

Einige Stunden später: Ich besuchte das Filmmuseum am Potsdamer Platz.
»Einmal Eintritt«, verlangte ich. Die freundliche Frau sagte am Eintrittschalter: »Sie haben als Rentner Ermäßigung«. Potzblitz dachte ich: Schon wiedererkannt.

Als ich Jahre später bei einem Kardiologen mich untersuchen ließ, sagte dieser: »Ohne Befund, alles klar«. Ich antwortete erleichtert: »Wissen Sie, Herr Doktor, ich will

100 Jahre alt werden«. Ich erschrak, als der Arzt sagte: »Tun Sie sich das nicht an, da haben Sie keine Lebensqualität mehr«.

Als der Arzt meinen enttäuschten Blick sah, sprach er mir aufmuntert zu: »Na ja, wenn Sie alle 2 Jahre zur Untersuchung kommen, können Sie das schaffen«.

Wir verabschiedeten uns und ich lud ihn zu meinem100. Geburtstag ein. Der Doktor versprach mir zu kommen.

Kurzer Lebenslauf

Im Februar werde ich siebzig. Ich werde langsam alt.
Trinke zu viel, habe zu wenig Sex, es wird Zeit, dass ich
im Allgemeinen meine Ansprüche etwas zurückschraube.
Mein Blutdruck ist seit Jahren viel zu hoch.
Langsam werde ich ein Tattergreis. Mein Gebiss sitzt
schlecht, meine Haut wird runzelig.

Viele gute Freunde sind mir im oder schon voraus gegangen. Manche haben sich von mir abgewandt oder ich
mich von ihnen.

Ich bin zwar schüchtern, wenn ich rede, neige ich dazu,
zu viel zu sprechen und mich zu überschätzen.

Ich frage mich oft, wo die Blumen meiner Jugend sind.
So oft ich ein heutiges Foto von mir sehe, könnte ich weg-
laufen, oh Gott, wie bin ich hässlich.
Jetzt weiß ich, warum sich keine zu mir umdreht auf der
Straße.
In meiner Brieftasche habe ich immer ein Foto von mir
im Alter von siebenundzwanzig Jahren dabei. Jeder, der
es sehen will, dem zeige ich es gerne.

Na ha, ich habe einige Gedichte geschrieben, deshalb
wollte ich vor Wochen eine Liste über meine Erfolge machen. Das war eine große Liste, aber sehr leicht auszu-
füllen.

Übrigens, ich muss gestehen, ich schreibe gerne Listen. Früher habe ich mir aufgeschrieben, wie viele Frauen ich hatte, bei jeder habe ich in das Notizbuch einen Strich gemacht.

Als ich mal eine Frau kurz gekannt habe, hat sie gesagt, dass sie ebenfalls Notizen über ihre Männer macht und hat bei mir die Nummer einhundertdreiundsiebzig aufgeschrieben.

Daher mache ich heute diese Liste nicht mehr, dafür mache ich Geburtstagslisten.

Aber das, was ich erzähle, ist doch ein blöder Privatkram und wird niemanden interessieren.

Als Kind habe ich in der Nase gepopelt, das tue ich heute nicht mehr. Mit siebzehn Fingernägel gekaut, das habe ich gelassen. Zwischen zwanzig und dreißig war ich sehr eifersüchtig. Heute nicht mehr.

Sie sehen, ich habe mich gebessert.

Manchmal sabbere ich beim Essen und kaue zu schnell, was meine Frau sehr stört.

Früher hatte ich angeschmuddelte Unterhosen, heute ziehe ich jeden Tag eine Frische an.

Als Jugendlicher habe ich manchmal vergessen, meine Vorhaut zu waschen.

Eklig, wenn ich daran denke. Aber auch das wird niemanden interessieren.

Vor Jahren, als ich nach Nürnberg kam, in der Wirtschaftshochschule studierte, aber mich meist im Lesesaal der Stadtbibliothek aufhielt, fast täglich acht Stunden lang und begann, mich mit philosophischen und religiösen texten zu beschäftigen, da habe ich mich bei dem Lesen in den dickleibigen Bänden für ein Genie gehalten, das die Welt verändern wird.

Das ist allerdings fünfzig Jahre her. Heut bin ich bescheidener.

Ich habe damals angefangen von Hand zu schreiben, weil ich keine Maschine hatte und nicht schreiben konnte. Ab und zu bin ich dann ein Schreibbüro gegangen, dort meine Texte diktiert und meine Texte an Zeitschriften versandt. Manche Fachzeitschriften haben meine Texte abgedruckt und ich habe Monat für Monat ein bescheidenes Honorar bekommen, von dem ich gelebt habe.

Nach einem halben Jahrhundert bin ich ärmer dran, den für Gedichte zahlt man selten etwas, manchmal verlangt man sogar von mir umsonst zu lesen.

Meiner Putzfrau zahle ich mehr für eine Stunde als ich je für meine Arbeit bekommen könnte.

Noch schlimmer, man wird gelegentlich aufgefordert, sich an Literaturausschreibungen zu beteiligen, allerdings mit dem Hinweis, ein Honorar kann nicht bezahlt werden, aber das ist eine andere Geschichte oder ein anderes Gedicht.

Ich komme nun zur Auflistung, wie ich schon sagte, ich schreibe gerne Listen über meine literarischen Erfolge und Auszeichnungen.

Ich danke Ihnen für Ihre Anerkennung.

Die verflixte Zahl »7«

Wenn Sie mich fragen: Wie alt ich bin, muss ich sagen: 2 mal 7. Nein, nicht 14, sondern 77.

Also: Ich bin vor kurzem 77 Jahre geworden (Ich weiß, dass ich etwas jünger aussehe), aber ich habe ein Problem mit dieser Zahl. Warum?

Voriges Jahr war ich 76 und ich konnte die Zahl einfach umdrehen und sagen: Ich bin 67. Das geht nun nicht mehr: Durch diese böse 7.

Vor 2 Jahren mit 75, konnte ich die Zahl ebenfalls umdrehen = 57,
vor 3 Jahren 74, umgedreht 47,
vor 4 Jahren 73 = 37
vor 5 Jahren 72 = 27
vor 6 Jahren 71 = 17.

Mein Problem: Die 77 kann ich nicht umdrehen.
Auch die Zahl 78 nicht, dann wäre ich ja 87, auch die 79 nicht, dann wäre ich ja 97.

Man sieht daran: Rechnerisch ist vieles möglich, aber im persönlichen Leben nicht.

Deshalb werden Sie nun verstehen, warum ich von der verflixten Zahl »7« gesprochen habe.

Denken an Alfred

Gerade habe ich meinen 78. Geburtstag gefeiert, da fällt mir Alfred ein.

Er ist 1944 im blühenden Alter von 42 Jahren nicht mehr aus dem 2. Weltkrieg zurückgekehrt. Es war der 28. Januar, als eine Kugel ihn in die Halsschlagader traf und er verblutete.

Sein Blut floss in die Felder der Ukraine.

Würde er noch leben, dann wäre er heute 113 Jahr alt.

Ich rechne nach: Also ich lebe bisher 36 Jahre länger als er.

Wenn ich die Zeit zurückrechne, bin ich im Jahre 1979 angekommen.

Was habe ich in der Zeitspanne von 1979 bis 2015 alles erlebt.

Was sollen die Zahlen?

Dankbar solltest du sein, dass dein Leben nicht durch einen Krieg vorzeitig beendet wurde. Jeden Tag dankbar sein, dass du gesund bist und in Frieden leben kannst.

Sein Tod machte mich im Alter von 7 Jahren zum Halbwaisen. Alfred war mein Vater.

Als ich nach der Volksschule heim ins Elternhaus kam, öffnete meine Mutter die Tür und weinte bitterlich. »Mutter, was ist, hast die Schmerzen«, frug ich.

»Nachricht aus Russland, der Papa ist tot«, stammelte sie,

»Den Russen, der Papa erschossen hat, werde ich, wenn ich groß bin, umbringent«, rief ich wütend.

Mutter umarmte mich.
Ich wusste damals nicht, dass wir Deutschen den Krieg begonnen und in die Weiten Russlands eingebrochen sind.

Dreimal habe ich
um Dich geweint, Mutter

Das erste Mal 1944, als ich von der Schule nach Hause kam, und du mich mit einem tränenerstickten Gesicht im Flur erwartetest. »Was ist bloß geschehen? Hast du wieder Rückenschmerzen?« fragte ich. Da merkte ich, dass etwas Schlimmeres passiert sein musste, als auch die Großeltern dazu kamen. Man sagte mir: »Vater ist gefallen«. »Im blühenden Alter von 42 Jahren«, stand später in der Anzeige und »für Führer, Volk und Vaterland« hieß es noch.

Das zweite Mal 1967, habe ich um dich, Mutter, geweint, als ich Hochzeit feierte, und du in den letzten Tagen vorher einfach bedrückt warst, weil ich aus dem Haus ging. Als ich nach der standesamtlichen Trauung mit meiner Frau in die Wohnung kam, hatte Mutter den Tisch so schön gedeckt und das Essen vorbereitet, dass ich plötzlich vor Rührung weinte. Meine eben angetraute Frau war enttäuscht und nahm mir das übel.

Das dritte Mal, 1971, habe ich um Dich geweint, als du im Krankenhaus warst. Es schien alles harmlos zu sein, eine einfache Bandscheibengeschichte, und du warst ja noch jung, nur 59 Jahre alt, als ich die Nachricht bekam, du musst operiert werden. Ich war in Arbeit, ein Tag wie jeder andere; doch als ich zur Mittagspause ging, läuteten die Glocken. Während dieses Geläuts brach ich auf der Straße plötzlich in Tränen aus, denn ich spürte, Mutter ist gestorben.

Als ich später im Krankenhaus anrief, sagte man mir, dass die Operation vorbei wäre, Mutter aber noch bewusstlos sei. So blieb sie noch acht Tage, ohne aus dem Koma zu erwachen.

Dann bekam ich vom Krankenhaus die Nachricht, dass sie gestorben ist. Mein Unterbewusstsein ahnte es schon früher.

Endstation ohne Sehnsucht

Auf dem althistorischen Rochus-Friedhof in Nürnberg, dem ältesten Friedhof der Stadt, mit seinen typischen Liegesteinen steht das Grab bereit, das einmal meine Gebeine aufnehmen wird. Schon trägt der Sandstein eine Bronzeplatte mit der Aufschrift Familie Preußler. Ob hier einmal eine besondere Tafel zum Gedenken an Helmut Preußler angebracht sein wird?

Schon steht ein Rosenstock hinter dem Stein. Wird er noch da sein, wenn ich darunter liege? Es ist ein eigenartiges Gefühl, jetzt schon ein Grab zu haben, so wenige Meter neben dem damaligen Büro und den langjährigen Wohnräumen. Auf einem so ehrwürdigen Friedhof, auf dem viele bedeutende Männer liegen.

Und in das Grab der Mutter zukommen, um in der mütterlichen Erde dann eins mit ihr zu sein. Was die Mutter ersehnte und ihr der Sohn im Leben nicht zu geben vermochte, jene Gleichheit und Anhänglichkeit, wird erfüllt: Im Reich der Toten.
Ja, ich kann heute meinem Sohn ebenfalls ein Grab zeigen.

Einen Frühling lang

Am Ende des kleinen, armen Bergdorfes, etwas abseits, liegt der Friedhof. Eine große, feste Mauer umgrenzt den Gottesacker. Die Mauer ist jahrhundertealt, die Steine porös, Blumen ranken zwischen den Steinen, und es scheint, als halten sie sich an der Mauer fest.

Ganz am Ende des Friedhofs liegt ein Grab, ohne Stein und Namenskreuz, auf dem jeden Frühling zwei schwarzrote Rosen blühen. Die Alten, die auf den Friedhof kommen, gehen ehrfurchtsvoll vorbei – denn sie wissen um das Geheimnis dieses Grabes. Von Generation zu Generation geben sie dieses Geheimnis weiter und oft rührt es die Menschen zu Tränen.

Es war an der Zeit, als die Menschen hier im Bergdorf noch nach Erz gruben und Silber schürften. Einst war hier eine reiche Gegend gewesen, die Silbergewinnung brachte den Bewohnern einen gewissen Wohlstand. Bergmann zu sein und in die Grube zu fahren war ein begehrtes Ziel vieler junger Männer.

Ein junger Bursche, Mitte Zwanzig namens Knut, niemand wusste so recht, wo er hergekommen war hier Bergmann geworden. Die Mädchen des Dorfes waren entzückt, ihn zu sehen, warfen ihm heimliche Blicke zu oder buhlten ganz unverblümt um seine Gunst. Seine schöne, kräftige Gestalt, sein aufrechter Gang und sein freundliches Wesen zog sie in ihren Bann. Aber so sehr sie sich um ihn auch bemühten, er hatte keine Augen für sie. In seinem Herzen war die Liebe zu einem Mädchen bereits entbrannt. Nur an sie mochte er denken, den ganzen langen Tag. Für sie, seine Braut, nur arbeitete er, für sie grub er nach Silber. Ihr wollte er am Hochzeitstag den schönsten Ring anlegen.

Jeden Morgen, wenn er zur Arbeit kam, ging er am Haus der schönen Inga vorbei. Ein schlankes, bleiches Mädchen stand hinter dem Fenster und wartete schon auf ihn. Freundlich blickten sie sich an, schauten sich in die Augen und nickten sich zu. Niemand im Dorf wusste, dass sich die beiden versprochen hatten. Zu Martini sollte Hochzeit sein. Sie freuten sich auf diesen Tag, der immer näherkam, Woche für Woche näher. Bald würden sie Mann und Frau sein. Eines Morgens sah sie ihn wieder an ihrem Haus vorbeigehen, er schien ihr noch schöner, noch strahlender, noch freundlicher, und sie freute sich ihres Glücks.

Um die Mittagszeit kam eine große Aufregung ins Dorf: Ein Geschrei und Gewirr. Niemand wusste so recht, was los war. Da schrie eine Frau: ›Die Stollen sind eingestürzt und unsere Männer sind unten!‹ Alle liefen zum Eingang des Stollens und hofften und beteten. Bald konnten sich die ersten Bergleute selbst befreien, kamen ans Tageslicht und halfen bei der Bergung der weiter unten Eingeschlossenen. Einem nach dem anderen konnten sie heraushelfen. Zuletzt, am Abend, fehlten noch fünf Männer.

Die Bergung war zu schwierig geworden und musste abgebrochen werden. Am nächsten Tag kamen aus der Kreisstadt Hilfstruppen und man grub weiter, drei Tage lang. Am ersten Tag wurden noch zwei Männer lebend geborgen. Am zweiten Tag wurden zwei Männer tot geborgen. Am dritten Tag wurde nur noch nach einem Mann gesucht – aber man fand ihn nicht. ›Was die Erde einmal an sich genommen hat, gibt sie nicht mehr her‹, sagte ein alter, erfahrener Bergmann. Man gab das Suchen auf. Der eine, den die Erde nicht mehr hergegeben hatte, war der Fremde.

Er war schnell vergessen im Dorf. Andere Ereignisse wurden wichtiger. Geburten und Taufen, Eheschließungen und Todesfälle, Kirchweihfeste, man hatte bald andere Themen. Das Bergwerk war nicht mehr ergiebig gewesen und man stellte den Betrieb ein. Eine aber hielt dem Unbekannten die Treue. Tag um Tag, Jahr um Jahr trauerte sie um den verschütteten Bergmann. So ging die Zeit ins Land. Nie mehr hatte sie die Kraft gefunden, eines Anderen Braut zu sein.

Es kam eine Teuerung ins Land, der Krieg, der König von Sachsen brauchte viel Geld. Woher konnte er es nehmen? Nur aus dem Verkauf von Silber. Man hatte neue, verbesserte Methoden der Gewinnung gefunden und man fuhr wieder ins stillgelegte Bergwerk ein.

Am dritten Tag schon fand man – zur Überraschung – in einem Stollen die unverweste Leiche eines Mannes Mitte Zwanzig. Man brachte sie ans Tageslicht. Die Dorfbewohner strömten zusammen, auch die schon fast siebzig Jahre gewordene Braut von einst. Sie allein erkannte ihren Bräutigam, schluchzte und warf sich auf den toten Körper. Die Umstehenden erschraken, denn sie kannten nicht ihr Geheimnis. Als man die alte Frau aufheben wollte röchelte sie schwer und starb bald danach. Man legte sie mit dem jungen unbekannten Bergmann in ein Grab. Nach einigen Wochen fand man auf dem Grab zwei schwarz-rote Rosen. Jedes Jahr erblühen sie erneut, einen Frühling lang.

(Nach Johann Peter Hebel)

Die Nacht der heiligen drei Könige

Von den vielen Menschen, die jemals die Erde bevölkerten, sind die meisten in das Meer der Vergessenheit hinab gesunken. Nur ab und zu leuchtet ein Name auf, den uns die Geschichtsschreiber überliefert haben und selten nur wissen wir außer dem Namen die Geschichte dieses Lebens. Schon wenige Jahre nach dem Tod breitet sich der Schleier der Vergessenheit über das Tun und Lassen. Wenige noch erinnern sich und diese nur selten an die Verstorbenen. Mit dem Ableben der Kinder und Enkelkinder, Verwandten und Freunde, wird der Kreis der sich erinnernden immer kleiner, bis auch sie verlöschen.

Freilich, manchmal findet ein Forscher Spuren: Grabsteine, alte Briefe, Dokumente, alte Hausinschriften und anderes. In Kirchenbüchern ist mancher Name verzeichnet, bis zu dem Jahrhundert zurück, wo auch diese keine Auskunft mehr geben.

Einer jener Vergessenen ist mein Onkel Rudolf, obwohl erst 70 Jahre tot. Freilich, das genaue Todesdatum weiß ich nicht, nur dass er aus dem zweiten Weltkrieg nicht mehr heimgekommen und als vermisst gilt.
Dieser Mann, dessen Körperreste vermutlich irgendwo in der braunen Erde des europäischen Ostens liegen, kommt mir heute in den Sinn. Jetzt denke ich gerade an ihn, den Bruder meiner Mutter, dessen Erbteil auch ich trage, der

selbst in den Augen seiner Schwester ein Versager und Taugenichts war, jener erfolglose, ungehobelte Kleinbauernsohn, der in einer winzigen, bescheidenen, unaufgeräumten Dachkammer im zweiten Stock des Großelternhauses lebte. Wenig weiß ich von Onkel Rudolf und das meiste nur von den Erzählungen der Mutter. Obwohl er ein kräftiger Bursche war, ging er gern der Arbeit aus dem Weg, half wenig auf den Feldern und ließ den alten Vater die Arbeit alleine tun. Sein Vater verachtete ihn deshalb, nur seine Mutter nahm ihn immer in Schutz und sie hatten oft Streit wegen ihm.

Gelegentlich half er als Tagelöhner aus, versoff sein Geld aber gleich darauf wieder bei Bier und Schnaps. Bei Tanzveranstaltungen in der großen Wirtschaft im Dorf saß er mit einigen Kumpanen an einem Seitentisch, beobachtete die tanzenden Paare, ohne freilich selbst ein Mädchen aufzufordern, und sie tranken in sich hinein, ausgestoßen und sich selbst abseits stellend. Je lauter die Musiker spielten, je flotter die Tanzpaare lachten und sich drehten, umso mehr nagte in ihm das Gefühl der Minderwertigkeit. Die anderen Burschen brachten ihre Liebesgefühle zum Ausdruck, begleiteten ihre Mädels nach Hause und knüpften Bande der Freundschaft und Bindungen fürs Leben.

In dem Ausgestoßenen nagte es mehr und mehr und er begoss mit immer neuen Getränken seine Einsamkeit. Dadurch hatte mein Onkel Rudolf freilich keinen guten Ruf. Die Frauen gingen ihm bewusst aus dem Weg. Ihm gelang es nicht, eine Frau für sich einzunehmen, dabei war er doch ein gütiger Mensch. Kein lautes Wort kam über seine Lippen, kein Fluch. Er strahlte Ruhe und körperliche Stärke, ja eine Geborgenheit aus. Er hatte starke Schultern, an die sich Frauen gern anlehnen – aber er wirkte zugleich auch wie ein gutmütiger Tölpel.

Dörfliches Gemüt, Freud und Leid hin oder her, auch in das Dorf der Heimat kam der Krieg. Onkel Rudolf musste an die Front. Er schrieb lange Monate nicht nach Hause. Dann plötzlich ein Brief aus Finnland. In ungelenker Schrift stand immer nur das eine Wort auf dem Papier: Mutter, Mutter, Mutter. Er hatte nur das eine Wort geschrieben, aber es sagte doch alles aus. Dann meldete er sich nach Monaten wieder und schrieb, dass er über Weihnachten Heimaturlaub erhalte und man freute sich plötzlich auf sein Kommen.

Onkel Rudolf war nun zu Hause. Auch ich als Siebenjähriger durfte ihn begrüßen. Er hatte jedem etwas mitgebracht: Geheimnisvolle Dosen, die ich bis dahin noch nicht gesehen hatte, mit einem köstlichen Inhalt. Es waren Ölsardinen aus Finnland. Jedem der Verwandten gab er zwei solche Dosen. Das war ein Geschenk, das ich nicht vergesse.

Ich blieb mit meinen Eltern einige Tage bei den Großeltern. Dann war die schöne Weihnachtszeit vorbei und es hieß aufbrechen, denn die Eltern mussten am nächsten Tag arbeiten. Doch man aß und trank, lachte und verplauderte sich dabei. Dann setzte ein starker Schneefall ein und der Abend brach heran. Endlich entschloss man sich zu gehen, es war höchste Zeit. Mich wickelte man in warme Decken ein und setzte mich auf einen Kinderschlitten. Vater und Mutter baten vorsichtshalber Onkel Rudolf, uns zu begleiten. So stapften die drei dahin und zogen mich im Schlitten hinterher.

Es schneite mehr und mehr, und die Wege waren unkenntlich geworden. Es war ein stundenlanger Gang der Gefahr durch Nacht, Schnee und Kälte des Dreikönig-Tages. Mutter und Vater wurden immer erschöpfter. Onkel Rudolf hielt stand und zog lange Strecken des Weges den Schlitten allein. Ich sah immerzu seinen breiten, kräftigen Rücken. So konnte es schneien, was es wollte: ich hatte keine Angst und fühlte mich geborgen. Dann schlief ich ein.

Ich erwachte erst wieder, als wir im Elternhaus waren und man brachte mich gleich ins Federbett. Die drei erwachsenen tranken Grog. Onkel Rudolf blieb die Nacht über bei uns und ging am anderen Morgen zurück in sein Elternhaus, in seine Kammer, der Schneesturm hatte nachgelassen. Dann musste er wieder fort in den Krieg. Er gab keine Nachricht. Niemand hat jemals wieder etwas von ihm gehört. Er gilt als vermisst.
Wir maßen uns an, über Menschen zu richten. Vielleicht hat Onkel Rudolf wieder eine kleine Kammer bekommen, ganz oben in der Nähe des Herrn?

Im Nürnberger Amerikahaus

Es gibt Tage, die man nie vergisst. Heute ist so ein Tag, an den ich mich erinnere. Ich war damals 26 Jahre alt. Im Nürnberger Amerikahaus hörte ich gerade einen Vortrag des deutschen Botschafters in den USA über die Zusammenarbeit der Bundesrepublik mit den Vereinigten Staaten.

Das Amerikahaus war mir eine Zeitlang der wichtigste Informationsort in der Stadt.
Seine interessanten Veranstaltungen, die prominenten Vortragenden, waren ein Höhepunkt in dieser Zeit, die ich später in dieser Qualität in Nürnberg nicht mehr erlebte.

Dicht gedrängt saßen wir in den Reihen, als eine nervöse Mitarbeiterin zu dem Direktor des Hauses kam, ich erinnere mich nicht genau an seinen Namen, aber ich glaube, es war Mr. Chipschin, der in der ersten Reihe links außen saß und ihn hinaus bat.

Nach ein paar Minuten kam der Direktor und sagte mit aufgeregter Stimme: »Wir müssen den Vortrag unterbrechen oder gar beenden, ich habe soeben ein Telefonat bekommen, auf den Präsidenten der Vereinigten Staaten, John F. Kennedy ist in Dallas in Texas ein Attentat verübt worden. Er ist im offenen Wagen angeschossen worden.

Wir alle sprangen von den Sitzen auf, hatten ein merk-
würdiges Gefühl, Angst machte sich breit. Er war einer
von uns.

Der Hoffnungsträger, die Lichtgestalt der amerikani-
schen Politik, war von Mörderhand angegriffen worden.
Heute wird im Fernsehen daran erinnert: Dieser 22. Nov.
1963 ist 50 Jahre her.
Wieder beschleicht mich ein Gefühl der Angst.
Diese schreckliche Tat im fernen Dallas ist mir so nah.
Im Strom der Zeit ist ein halbes Jahrhundert dahin ge-
flossen.
Der 22. Nov. 1963 wird mir immer in Erinnerung bleiben.

Erna

Einsam war ihr Herz und Haus. Lange war sie nicht mehr unter die Leute gegangen, Feiern und Festlichkeiten waren ihr zuwider. Wo sollte sie auch hingehen, allein?

Robert, ihr Mann, war ihr vor 2 Jahren vorausgegangen. Jeden Abend, wenn sie ins Doppelbett stieg, legte sie ihren rechten Arm auf die Seite des Bettes, in der er geschlafen hatte. Sie fühlt seine Hand auf der ihren und flüstert: »Robert, bald sind wir wieder beisammen«.

Doch die Jahre vergingen ...
Die Erinnerungen wurden schwächer, nicht aber die Sehnsucht nach einem Partner an ihrer Seite.
Sie war finanziell versorgt. Zu Ihrer Rente bekam sie die Teilrente ihres Mannes dazu, ein schöner Batzen Geld jeden Monat.

Vor kurzem hatte sie erst eine altersgerechte Eigentumswohnung bezogen.
10 Wohneinheiten hatte das Haus. Wenn sie die Namen an den Schildern der Mitbewohner las, erschrak sie. Acht alleinstehende Frauen, nur zwei alleinstehende Männer. Den einen, den sie sah, nur ganz gelegentlich, wenn er mühsam am Stock einen Spaziergang machte, der Andere war oft tagelang außer Haus, er hatte eine Freundin, bei der er oft nächtigte.

Der Hausfreund

Wir waren sieben Jahre verheiratet, da sagte meine Frau »Unsere Ehe wird immer langweiliger, wir sollten uns einen Hausfreund anschaffen«. Ich erschrak.

»Einen Hausfreund?« »Ja, weißt du, oft bin ich abends allein, du hast den Kegelclub, den Fußballverein und deine Parteifreunde. Und ich sitze hier herum«. »Ja, aber«, wollte ich sagen, aber sie unterbrach: »Und deine Geschäftsreisen. Oft bist du 1-2 Abende in der Woche auswärts und ich bin immer allein«. Mir stockte die Stimme, bisher habe ich meine Ehefrau als die glücklichste aller Ehefrauen, als die Liebevollste und Ehrlichste angesehen.

Nun stieg ein Verdacht in mir auf. »Das hat dir Evi eingegeben, deine Busenfreundin, täglich telefonierst du mit ihr, nachdem sie vor einigen Wochen ihren langjährigen Freund Franz verloren hatte«. »Diese Evi«, schrie ich sie an, »hat dir das eingegeben«. » Du verstehst mich nicht«, rief sie zurück, fing zu weinen an und lief wütend aus dem Zimmer. Unser erster Ehekrach seit Jahren.

Einige Wochen lang war der Hausfrieden gestört. Allerdings: Meine Frau hat sich durchgesetzt. Nun lebt er seit Wochen bei uns, auch ich habe ihn lieb gewonnen, unsere Partnerschaft zu dritt ist oft voller Überraschungen. Man möge mir verzeihen: Eine Partnerschaft zu Dritt ist nicht grundsätzlich abzulehnen. Als Ehemann kann man sich zuweilen von Verpflichtungen frei machen und die Frau ist nicht auf einen Partner allein fixiert.

Wir haben ihn Tommy genannt, wie Thomas Gottschalk. So ging das einige Tage. Plötzlich kam ich auf die Idee, ihm einen anderen Namen zu geben. Ich nannte ihn Kleinlein oder Herr Kleinlein.

Es vergingen wieder Wochen. Wir hatten Besuch von Jacques aus Belgien mit seiner Ehefrau Gerda. Sie wohnten einige Tage bei uns.

Eines Abends frug mich Jacques: »Wie heißt eigentlich euer Hausfreund?« »Kleinlein« sagte ich. Jacques rief: »Kleinlein komm her«. Er kam nicht. Ja, da müssen wir eins draufgeben. »Herr Kleinlein« rief er. »Sapperlot« sagte Jacques und rief: »Herr von Kleinlein, kommen Sie zu mir«.

Er rührte sich nicht. Da müssen wir noch eins draufgeben und rief mit lauter kräftiger Stimme: »Herr Dr. von Kleinlein, kommen Sie hierher«. Wie von der Tarantel gestochen lief unser Kater zu Jacques, sprang ihn an und lies sich streicheln. Jacques und ich lachten uns halb tot.

Es gäbe noch viel zu erzählen von Herrn Kleinlein. Der Kater schläft oft bei meinen Füßen. Dann, wenn ich wieder an meinem Schreibtisch sitze, springt Kleinlein auf den Tisch, setzt sich vor mich Kopf an Kopf und schaut mich an, so, als wollte er sagen:« Und du..... geheimnisvoll!. Hat er Gefühle für mich?

Ist er eifersüchtig, wenn ich am Schreibtisch sitze und keine Zeit für ihn habe?

Spürt er meine Suche nach Worten? Oder will er sagen: Das Futter schmeckt mir nicht, bring mir was anderes? Ich lasse von meiner Arbeit ab und streichle ihn, dann ist er zufrieden und springt schnurstracks vom Tisch.

Dann läuft er hinaus auf die Straße. Am Anfang steht ein Schild »Spielstraße«. Obwohl er nicht lesen kann, nimmt er es wörtlich. Er liegt mitten auf der Straße, macht sich pitschebreit. Wenn ein Passant kommt, lässt er sich streicheln, Autos halten an und fahren vorsichtig um ihn herum.

Morgendliche Begegnung

Meine Frau und ich sind beim Kaffeetrinken. Es ist ein sonniger Tag Ende Februar. Heute Nacht hat es geschneit. Eine dünne Schneeschicht bedeckt die Erde, die, sich, man kann fast zuschauen, allmählich auflöst.

Meine Frau schaut aus dem Fenster: »Da,« ruft sie, »das Rotkehlchen ist wieder da. Schau, da hinten auf dem Ast sitzt es.« Ich schaue hinaus. Tatsächlich, das Rotkehlchen fliegt ganz langsam auf mich zu und setzt sich vor dem Fenster auf einen Ast. Sein Blick ist zu mir gewendet als wollte es fragen: ›«Erkennst du mich?«
Ein Glücksgefühl steigt in mir auf. Das Rotkehlchen hat wieder heimgefunden, ist zu uns zurückgekehrt. Mensch und Tier vereint.

Ein Morgen, den ich nicht vergessen werde.

Nächtliche Begegnung

Heute Morgen bin ich noch müde, sehr müde.

Denn ich habe schlecht geschlafen. Warum? Ich bekam heute Nacht Besuch. Ja, ich hatte Besuch in meinem Zimmer.

Ich bin im Gästehaus eines Nonnenklosters zu Gast: Einkehrtage, Besinnung, Meditation, Seminare.

Ich weiß gar nicht so recht, wie der Besuch hereinkam. Fast unmerklich muss es geschehen sein. Aber plötzlich war *Sie* da.

Sie küsste mich auf die Stirn, dann auf meine Hand, dann kam sie an mein Ohr, dann zu meinem Mund. »Bitte hör auf damit«, bat ich sie. Aber sie hörte nicht. Sie war ein wildes, quirliges, besitzergreifendes Wesen. Offenbar war sie ausgehungert nach einem Mann, gerade nach mir verlangend. »Bitte, liebe Frau, lass ab, suche dir eine andere Spielwiese.« Auch diesmal hörte sie nicht. Vielleicht versteht sie kein Deutsch, ob sie eine Ausländerin ist, dachte ich.

Allmählich wurde ich ungeduldig. machte Licht an und stand aus dem Bette auf. Sie war nicht mehr zu sehen. Ach, es nur ein Traum, dachte ich, und ging wollte wieder schlafen. Aber kaum hatte ich mich hingelegt, war sie wieder da – diesmal liebkoste sie meine Stirnglatze und danach besonders meine Tonsur. Aha, dachte ich, eine Nonne wird es sein aus dem nahen Kloster.

»Bitte breche nicht dein Gelübde«, mahnte ich laut. Sie antwortete nicht. Stattdessen war sie wieder an meiner

Stirnglatze. Da wurde ich ärgerlich, machte Licht, stieg aus dem Bett. Heute würde ich einen Mord begehen. Bisher waren sie immer gut weggekommen, die weiblichen Wesen. Mein Herz wurde zur Mördergrube.

»Wo bist du nur, komm, zeige Dich.« Als ich sie nicht sah und spürte, öffnete ich das Fenster. Ich brauchte frische Luft.

Nach einer Weile schlief ich wieder ein, sie störte mich nicht mehr. Gut, dachte ich, dass ich keinen Mord zu begehen brauchte. Ich kann doch einem weiblichen Wesen nichts Böses antun.

Da sah ich, wie eine große, fette Fliege sich aus der Gardine löste und ins Freie flog. Da wusste ich, die Fliege war schuld, dass ich so schlecht geschlafen habe. Und dann bin ich um viertel Neun erst aufgewacht.

Da sah ich die anderen Teilnehmer am Fenster vorbei gehen. Schnell, schnell, sagte ich mir, es ist Frühstückszeit. Du darfst nicht der Letzte sein, du musst pünktlich sein, damit du keinen Rüffel mehr bekommst. Müde schleppte ich mich zum Frühstücksraum im Seminarhaus.

Das Haus der dunklen Kanäle

Wie ein fetter, großer Kloß sitzt mein Müsli, das ich heute früh gegessen habe, in meinem Bauch. Es hockt dort und spricht mit mir:

›Du fetter, Prasser, du hast in den letzten Tagen eingehalten mit deiner Unmäßigkeit, hast im Kloster eine Diät gemacht und abgenommen. Aber es reicht noch nicht! Anstelle von Wurst Käse, Schmalz und Fleisch musst du jetzt mit mir Vorlieb nehmen. Du musst dich trennen von deinen lieben Gewohnheiten, darfst den guten Frankenwein nicht mehr schlürfen und kein süffiges Bier mehr saufen. Ha, ha, ha ... ‹, es lacht mich aus.

›Sei still, lach‹ mich nicht aus, du blödes Müsli, du. Du sättigst mich nicht. Durch dich habe ich kein wohliges Gefühl in meinem Magen.

Du gibst mir keine Zufriedenheit und Lebensfreude, und redest dummes Zeug.‹

Da spricht das Müsli: ›Was willst du eigentlich? Willst du abnehmen oder nicht? Hast du nur vage Vorsätze, oder ist es dir wirklich ernst damit? Eigentlich hättest du gar nichts frühstücken sollen, heute Morgen. Wenn ich gewusst hätte, dass du so undankbar gegen mich bist, hätte ich mich auf keinen Fall von dir verschlingen lassen. Und schließlich habe ich mich noch wärmen lassen, in der scheußlichen Mikrowelle, für dich, du Undankbarer.‹

›Ja, ja, Müsli, sei nicht gleich beleidigt wie eine Leberwurst.‹

›Mit einer Leberwurst, vergleichst du mich? Das ist ja die Höhe‹, spricht das Müsli. ›Schließlich bin ich ein Schweizer Müsli aus gutem Haus, und du dürftest stolz sein, mich überhaupt bekommen zu haben. So sind eben die Deutschen: alles einnehmend, aggressiv, unbeherrscht und nachtragend.‹

›Nein, nachtragend bin ich nicht. Ich werde bald hinausgehen und dich auf der Toilette abführen. Und wenn das nicht reicht, einen Liter Glaubersalz hinterher schütten. Das ist das Ende unserer Affäre.

Und heute Mittag um zwölf werde ich dich betrügen. Mit einem fetten Schweinebraten und zwei Maß Bier. Und dann wirst du Gesellschaft haben und nicht allein aus meinem Bauch heraus motzen.‹

›Na, Vorsicht, Vorsicht‹, spricht das Schweizer Müsli.

Während wir so im Streitgespräch sind, geht die Tür auf und eine strenge, fremde Dame kommt herein. Sie hat asketische Gesichtszüge. Sie war sehr schlank, fast hager, sehr groß. Aber trotz ihrer Strenge hatte sie etwas Gewinnendes, Sympathisches. Ich fühlte sofort eine Zuneigung zu ihr. Ich möchte ihr nah sein, dachte ich, möchte sie erobern, mit ihr leben. Ich begehrte sie. Hoffentlich merkt das meine Frau nicht, dachte ich mir.

Ich sagte zu der Fremden, ich möchte Sie wiedersehen, denn ich … ›

›Ja‹, sagte sie, ›kein Problem, ich finde Sie auch sehr sympathisch und mag Sie. Wir werden es miteinander versuchen.‹

›Übrigens‹, sagte ich nach einer Pause, ›ich heiße Helmut,

wir könnten doch eigentlich du zueinander sagen. Wie ist Dein Name?‹ frug ich sie. ›Kein Problem, duzen wir uns‹.

›Du kennst meinen Namen schon sehr lange: ich heiße Trennkost.‹

›Was, die Trennkost bist du?‹

›Du, komm, ich nehm‹ Dich jetzt mal an die Hand‹, sagte sie zu mir ›und wir gehen durchs Haus.‹

Zuerst führte mich die Trennkost in den Keller, in die Speisekammer. ›Schau doch mal: da hängen lange, dicke Würste, gepökelt und geräuchert, da hängen die Tiroler Schinken nur so herab. Da stehen die Kisten voll Bier voll Wein, da liegen die Packungen mit Nudeln. Da lagert die gute Tobler Schokolade. Da ist der Gefrierschrank voll Fleisch, Eis und Sahnetorte. Das alles darfst du, wenn du mit mir zusammen sein willst, nicht essen. Das alles nicht trinken.‹

Ich sah die eingelagerten Waren in der Speisekammer nur wie durch einen Schleier, fast unwirklich. Ich nahm sie nicht richtig wahr, denn ich konnte meine Augen von der Trennkost nicht lassen. Sie wollte ich, sie begehrte ich. ›Du bist gar eine strenge Herrin‹, sagte ich. ›Auf das alles soll ich verzichten?‹

›Nein, so streng bin ich nicht, wie du meinst. Wenn du mich richtig verstehst, werden wir gut miteinander auskommen und uns lieben. Schau, nur ein bisschen Achtsamkeit ist erforderlich. Du kannst alles haben, was dein Herz begehrt, nur in der richtigen Mischung und Reihenfolge. Du musst nur meine Gesetze beachten, dann geht es dir gut. Es sind nur ganz, ganz leichte Regeln.‹

Sie überreichte mir ein dickes Buch.

›Ja, toll, dachte ich, da kann ich eigentlich zwei Frauen haben: meine Frau und die Trennkost. Was bin ich doch für ein toller Hecht! Hecht ... mit was eigentlich als Beilage? Mit Kartoffeln, Nudeln oder Salat?

Während ich überlegte, sagte die hagere Trennkost: ›Wenn Du mich liebst, musst du Eines vergessen: die Völlerei im Haus der dunklen Kanäle‹. Ach, es gibt ja so viel Platz in den dunklen Kanälen des Körpers, die durch den Mund gespeist werden.

Wie man an meinem Leibesumfang sieht, hat mich meine Zweitfrau bald verlassen. Unsere kurze Affäre war gescheitert.

Aber ich hatte schnell wieder Ersatz, gleich hat eine andere Frau um mich gebuhlt, die Völlerei.

Mit der lebe ich schon lange.

Schlag nach bei Goethe

Unser Staat braucht Geld, sehr viel Geld sogar, und von Jahr zu Jahr immer mehr. Deshalb muss er bei den Rentnern sparen, Nullrunden einlegen, müssen 10 Euro pro Quartal für die Arztbesuche berappt werden, müssen Steuern und Gebühren aller Art erhöht werden und so weiter und so fort.

Dabei wäre es so leicht für die Finanzbehörden zu Geld zu kommen. Ganz leicht sogar. Sie müssen nur den Ratschlag »Schlag nach bei Goethe« beherzigen.

Es gibt ein Nachschlagewerk »Goethes Leben von Tag zu Tag«, da erfahren wir, dass am Freitag, den 22. Juni des Jahres 1811 Goethe folgende Begegnung hatte: Er fuhr bei einem seiner Aufenthalte im böhmischen Karlsbad nach dem südlich gelegenen Ort Schlaggenwald. Es war eine fröhliche Fahrt, Goethe war in Begleitung seiner Frau Christiane, ihrer Gesellschafterin Caroline Ulrich und seinem Freund Riemer. Man speiste in der Wirtschaft Zum Roten Ochsen zu Mittag. Der Speisezettel umfasste Leberknödelsuppe, saftigen Schweinebraten, herrliches Rindfleisch und eine zarte Rinderzunge. Dazu aß man die ausgezeichneten böhmischen Semmelknödel. Aber Goethe ließ noch mehr auftragen: Frische Früchte, Geflügel und Mehlspeisen, von denen Goethe am liebsten die Gollatschen hatte. Dazu trank man einen guten Melniker Landwein und einen vorzüglichen Ungarnwein. Der geschäftstüchtige Ochsenwirt freute sich über den reichen Verzehr und die lustige Gesellschaft speiste nach Herzenslust.

Als Goethe dann die Rechnung verlangte, die der Ochsenwirt untertänig brachte, brach die Fröhlichkeit Herrn von Goethes plötzlich ab und er wurde zornig: Unverschämt! Diese Preise nicht mit mir! 76 Gulden für Speis und Trank für vier Personen und den Kutscher. Für gleiches bezahle ich im ersten Haus in Karlsbad, in den Drei Mohren, höchstens 10 Gulden per Gedeck. Goethe war erbost über so viel Dreistigkeit, fuhr sofort ab und sagte dem Wirt, dass er den Vorfall dem Kreishauptmann Hochwohlgeboren von Weyrother anzeigen würde. Am andern Tag informierte Goethe den Vorfall mit dem Wirt, schrieb einen deftigen Brief an den Herrn Kreishauptmann mit Beilage der 76 Gulden. Goethe hatte Erfolg, er bekam 35 Gulden zurück, der Ochsenwirt bekam für die Mahlzeit 41 Gulden und erhielt überdies ein berechtigtes Strafmandat von 10 Gulden.

Wenn nun die Regierung der Bundesrepublik jedem Wirt, bei dem der Euro zu einem Teuro geworden ist, mit einer Strafe von nur 10 Euro belegen würde, wenn jede Firma, die die Preise in den letzten Jahren übergebührlich erhöht hat, mit einer Strafe von 50 oder 100 Euro belegt würde, hätte unser Finanzminister keine Probleme mehr. Aber Beamte wie den Herrn Kreishauptmann von Weyrother gibt es in Berlin nicht und so ist der Vorschlag ein Märchen aus der guten alten Zeit.

Der Mitternachtsmörder

Zwei Augustnächte lang hat er bei mir geschlafen. Im Garten meines Hauses, in seinem mitgebrachten Schlafsack. Er wollte draußen in der Natur sein. Die Türen und Fenster meines Schlafzimmers waren weit geöffnet. M. war ein freundlicher, nicht sehr redegewandt.

Er war ein erfolgreicher Sportler, das sah man ihm an, muskulös seine Arme und Beine, sehnig sein ganzer Körper. Er war Marathonläufer, seine Augen glänzten, als er von seinem letzten Sieg sprach. Er hatte über ältere und erfahrenere Kameraden mit einem beachtlichen Vorsprung gewonnen. Die Presse war voll des Lobes. Er hatte im Laufe seiner Jahre beachtliche Siege davon getragen. Im Lärm des Lebens ging meine Erinnerung an ihn bald vorbei.

Zwei Jahre später erfuhr ich, dass er ein Mörder war, ein Doppelmörder.

Die Zeitungen nannten ihn: Mitternachtsmörder.

Er roch nicht nach Angst. Er war weder dämonisch, noch irgendwie auffällig. Alle, die ihn kannten, waren voll des Lobes über ihn. Nein, eine solche Tat konnte man ihm nicht zutrauen. Niemand hielt ihn für undurchsichtig, schwer einschätzbar.

Mein Kater aber, Tommy nennen ihn alle, mein graugescheckter Kater hatte eine merkwürdige Abneigung gegen ihn. Er ließ sich von ihm nicht streicheln, ging ihm aus dem Weg.

Aber die Tat ... Vor einer Viertelstunde hatte er sich in bestem Einvernehmen von seiner Verlobten getrennt, war durch den nahen Stadtpark gegangen, einer jungen Frau im Dunkel der Nacht von Straßenlaterne zu Straßenlaterne durch den Nieselregen gefolgt.

Mit geöffnetem Messer trat er von hinten an die Fremde heran, um ihr den Hals bis zum Halswirbel durchzuschneiden. Von Beruf war er Koch. Er wusste, wie man ein Messer zu führen hatte. Dann ging er zurück zu seiner Verlobten und schlief in ihrer Wohnung bald ein.

Fieberhaft suchte die Polizei den heimtückischen Mörder, einige kleinere Überfälle auf Frauen wurden in den nächsten Tagen ebenfalls bekannt. Die Stadt B. geriet in Panik.

Der Täter absolvierte in seinem Sportclub täglich mit seinen Kameraden ein stundenlanges Laufpensum. Eines Abends bat ihn ein anderer Marathonläufer, ein Psychologe, seine Freundin nach Hause zu begleiten, da er dringend weg musste. Es ist zu gefährlich, allein zu gehen, jetzt da der Mitternachtsmörder noch nicht gefasst sei. Das beruhigende Gefühl, einen starken Burschen als Beschützer dabei zu haben, tat der Freundin gut.

Drei Tage danach wieder ein Mord, nahe an einer Straßenbahnhaltestelle. Das Opfer wiederum eine junge Frau. Einige Passanten hatten von ferne den Täter gesehen. Man konnte ein Phantombild erstellen.

Der Täter prahlte bei seinen Sportkameraden, als sie das Bild in der Zeitung sahen, der sieht mir ganz ähnlich. Alle lachten. Nicht der geringste Verdacht. Seine Schattenseite wurde nicht geahnt, geschweige erkannt.

In anonymen Briefen an die Polizei beschwerte der Täter sich sogar, dass man ihn unvorteilhaft dargestellt hatte und lästerte, dass man ihn nicht erkannt hatte. Jeden Tag ist er am Polizeipräsidium mehrmals vorbeigegangen, blieb vor dem Gebäude stehen, schaute sich um.

Die Überfälle häuften sich, auch weit außerhalb der Stadt. Die Polizei fand kein Motiv, keinen Diebstahl, niemals kam der Täter den Opfern sexuell näher, die Opfer hatten keine Beziehung zueinander, alle waren fremde Personen, keine Bekannten. Ein rätselhafter Fall.

Durch seine erneuten Briefe an die Polizei und eine gutachterliche Auswertung und die Erstellung eines Täterprofils kam man auf die Spur einer gespaltenen Persönlichkeit. Ein Täter, der es fertig bringt, zwei Rollen unabhängig voneinander zu spielen. Deshalb hatte niemand in seiner Nähe im Entferntesten die schreckliche Wahrheit vermutet.

Zwei Sommernächte in seiner Nähe. Ich kannte nur seine Helligkeit. Die dunkle Seite in ihm hat sich im Untersuchungsgefängnis in W. am 21.3.2001 erhängt. Bevor er seinem Leben ein Ende setzte, hatte er zwei junge Frauen mit sich in den Tod genommen und andere schwer verletzt.

Hamburg wie ich es bisher nicht kannte

Die Ferientage im Schoß des schönen Hamburg waren vorüber: Nun hieß es wieder, das Ränzel packen und gen Süden aufzubrechen.

Freilich: Das Ränzel war ein geräumiger PKW und der Inhalt war seit der Ankunft in Hamburg beträchtlich angewachsen; diverse Tüten aus Stoff und Plastik, vollgefüllt mit Hemden, Hosen, Schuhen, einem Zigarren-Etui, einigen Büchern, mehreren Prospekten, Theaterprogrammen, und, und, und ... . Natürlich: Eine neue Lederjacke hing auch auf den Bügeln des Rücksitzes. Im Kofferraum, gerade hineinpassend, ein Ölgemälde mit einer undefinierten Darstellung, das ich in einem Antik-Center erworben hatte. Und man wird es nicht glauben; ein kleines Tischen aus Mahagoni war ebenfalls verstaut. Die Eurocard macht alles möglich.

Ja, Hamburg ... Auch mein fleischliches Ränzel, der Bauchumfang, war gewachsen, allerdings durch diverse Köstlichkeiten der Meere, Krabben, Austern, Hummer, usw. alles erste Qualität.

Zu den Freuden meines Lebens gehört einfach ein Hamburg-Besuch. Jedes Mal wenn ich über die Elbbrücken fahre, schlägt mein Herz in einem anderen Takt. Ob es daran liegt, dass ich an der jungen Elbe geboren wurde, dass also der erste Fluss, den ich jemals sah, die Elbe war? Jedenfalls trägt mir eine Fahrt über die Elbe ein Stückchen Heimat, ein Stückchen Kindheit zu.

Ja, Hamburg ist meine Traumstadt.

Ich sage das nicht aus Nichtkenntnis der Städte, sondern als Kenner der deutschen Städte sage ich dies. In jeder deutschen Stadt, sagen wir, über 50‹000 Einwohner, bin ich schon gewesen. Und natürlich auch in vielen anderen Städten der Erde. Wenn ich behaupte, Hamburg ist meine Traumstadt, dann spreche ich aus Erfahrung.

Und das Dritte, das ich aus der Hansestadt mitgenommen habe, waren die neuen Eindrücke. Das heißt: Ich habe ein Hamburg kennengelernt, das ich bisher noch nicht kannte.
Gräber in Hamburg hatte ich besucht, den größten Friedhof der Welt, den Ohlsdorfer mit meinem Auto durchfahren. Die Gräber von Klopstock, Detlev von Liliencron und Matthias Claudius schon früher besucht.

Das Geheimnis der drei Blutstropfen

Es war einmal in einem großen, dichten Wald. Der Wald war so dicht, dass kaum ein Durchkommen war. Keine Wege waren geschlagen, keine Straße führte hinein. Nur die Vögel flogen darüber und riefen ›zigüt, zigüt, zigüt‹. Es war ein Geheimnis um diesen Wald. Die Menschen der Umgebung scheuten ihn. Es hatten schon viele versucht, durchzukommen, aber keiner kam wieder lebend zurück. Deshalb nannte man den Wald »Teufelswald«.

Am 16. Oktober 1231, kam ein unbekannter Reiter auf einem Schimmel ins Dorf geritten und frug nach dem Weg durch den Wald. Je mehr auch die Leute ihm abrieten, dort hineinzureiten, umso ungeduldiger und waghalsiger wurde der Reiter, umso weniger wollte er sein Vorhaben aufgeben. Wie ein Magnet zog es ihn in das Waldesdickicht.

Er ritt und ritt, bis sich plötzlich sein Pferd aufbäumte und nicht mehr weiter wollte. Da stieg der Reiter ab, führte das Pferd am Zügel. Seine Beine wurden leichter und er lief und lief, das Pferd trabte hinter ihm her. Es schien, als zöge ihn etwas. Er war in einen Bannkreis geraten, den er sich selbst nicht erklären konnte.

Da, plötzlich schreckte er auf: Er stand er vor einer kleinen Hütte. Sie war so grau, heruntergekommen, sah mutterseelenallein verlassen aus. Wer wird wohl darinnen wohnen, in dieser Einsamkeit, frug er sich? Wer kann denn so allein mitten im Wald leben? so ohne Menschenseele, fuhr es ihm durch den Kopf.

Als er sich der Hütte näherte, hörte er ein seltsames, dumpfes, immer gleiches Geräusch. Er erschrak. Da sah er durch einen Fensterspalt eine grauhaarige Frau am Spinnrad sitzen.

Sie sang leise vor sich hin:

›Wer mich findet, den will ich entzücken, den will ich in mein Schloss hineinbitten. Wer mich hier findet, den will ich entzücken, den will ich in meinem Schloss beglücken.‹

Wunderliche Alte, dachte der Reiter. Als er nachsann und ihrem Gesang lauschte, ging die Tür auf, und ehe er sich versah, stand die Frau mit ihrer Spindel vor ihm und sie stach ihn in seine Hand. Drei Tropfen Blut flossen zur Erde, und mit jedem Tropfen, der die Erde benetzte, verwandelte sich die Spinnerin: sie wurde immer jünger und hübscher, auch die Hütte verwandelte sich geheimnisvoll, wurde immer grösser und schöner. Plötzlich stand ein stattliches Schloss vor ihm mit vielen Zinnen und Türmen. Ein großes, breites Portal führte hinein. Zögernd ging der Reiter hindurch und das große Tor schloss sich hinter ihm zu. Das Pferd nahm die Spindel der drei Blutstropfen in seinen Mund und trabte zum Wald hinaus.

Die Leute staunten, als sie das Pferd mit der blutigen Spindel sahen und der Pfarrer schrieb in das Kirchenbuch das Datum 16. Oktober 1231. Als er das Geschehen dem Erzbischof vortrug, legte dieser einen Bann über den Teufelswald.

Das Mittelalter war gewichen. Jahrhunderte später glaubte man nicht mehr an den Teufel. Eine Schar wackerer Männer unter der Führung des Hauptmanns Thomas Gebert, der aus dem Nürnbergischen stammte, machte sich auf, um den Wald zu erforschen.

Er fand die kleine Hütte und daneben das große, prächtige Schloss. Es war zerfallen und unbewohnt. Hand in Hand lagen zwei unverweste Leichen im hintersten Zimmer. Die Leute strömten zusammen. Sie ahnten etwas vom Glück der sich einst Liebenden.

Wieder vergingen Jahrhunderte. Ein bekannter Event-Manager hörte von der Begebenheit. Da kam ihm eine Idee, die den Teufelswald veränderte.

Heute kann man leicht zu dem Teufelswald gelangen. Man fährt auf der Autobahn Richtung Süden, am Ende der Ausbaustrecke nach rechts, ca. fünfhundert Meter bis zur nächsten Kreuzung, dann gerade über Irrhausen nach Belsundweiler. Ca. einen Kilometer nach dem Ortsende sehen wir schon auf der linken Seite den Teufelswald. Nach ca. einem Kilometer ist alles hell erleuchtet. McDonalds, Schlecker-Markt, Burger-King, Lidl, Hornbach haben vor kurzem gebaut und von der neu eröffneten Esso-Tankstelle fährt eine Schmalspurbahn direkt an den Ort des Geschehens. Der Eintritt beträgt 9 Euro, eine Führung extra 6 Euro.

Ein fünf Meter hohes Pferd, geschaffen von dem bekannten Bildhauer, Professor Dr. Dr. Doys, hat im Maul eine Spindel. Alle fünf Minuten tropft Blut aus ihm (manche meinen, es sei rote Farbe) in einen Brunnen. Der Führer erklärt, das ist der Zauberbrunnen. Wenn man ein Geldstück hineinwirft, kann man Lottomillionär, ein Groß-unternehmer oder ein Dichter werden.

Weiter hinten sehe ich eine große Baustelle. Der Führer erklärt, dass dort das große Schloss von früher in einem Disney-World-Park gebaut wird. Auf der rechten Seite entstehen Spielsalons, Souvenirläden und anschließend ein Multiplex-Kino-Center mit Parkhaus.

Schnell muss ich das Wunderpferd verlassen, denn mehrere Busse sind vorgefahren und die Menschen strömen zum Eingang.

Noch ein Geldstück in den Brunnen, damit auch für mich der Zauberbrunnen sprudelt.

Dienst am Kunden

Dekorateur Seidenwurm hatte schon zum ...zigsten Male die Stecknadeln in den Hüften der Schaufensterpuppe umgesteckt, ohne vom Sitz und Fall des Kleides begeistert zu sein.

Es war auch gerade kein angenehmer Job, in der Winterkälte im Schaufenster zu stehen und Kunststoffdämchen zu kleiden. Das Betatschen der Brüste und das Befingern der Rundungen machte ihm nur dann Spaß, wenn er keine Zuschauer wusste – wenn seine künstlerische Phantasie dem Material Leben einhauchte. Kam es doch nicht alle Tage vor, dass er ein lebendes Exemplar jenes nachgeformten Modells so frei behandeln konnte. So schön und willenlos findet man sie selten. Und sie sahen ja auch so frappierend echt aus, diese hohlen Königinnen des Schaufensters.

Aber Seidenwurm war unzufrieden. Nicht allein, weil das Gehalt nicht ausreichte. Er wollte mehr sein. Sein Ehrgeiz trieb ihn dazu, einen neuen Weg der Schaufenstergestaltung zu suchen, er wollte ihr eine epochale Wende geben: aber das war ein Traum.

Dazu kam, dass sein Chef mit seiner Leistung nicht zufrieden war. »Der Umsatz geht dauernd zurück, zu viel Geld wird durch die Werbung ausgegeben«, diese Klage hörte er jeden Tag. An allem sollte Seidenwurm schuld sein. Es war zum Verzweifeln. Er gab sich doch so viel Mühe.

Mal war zu wenig Ware im Schaufenster, mal zu viel, da sollte ein halber Millimeter mehr Zwischenraum frei bleiben, da war ein Schuh nicht sauber geputzt, da war zu viel Leerraum geblieben, dort saß eine Naht schief.

Ging deshalb der Umsatz zurück?

Der Besuch des Kaufhauses war rege, an der Tür wurde man wie ein Puffer angeschlagen, an der Rolltreppe als Fließbandroboter empor gedrückt, in den Gängen als Tritt-drauf-Männchen behandelt. Endlich stand man vor dem Verkaufstisch. »Fräulein, ich hätte gern ....« sagte ich zu dem lebendigen Ladenpüppchen, genannt Verkäuferin. Aber sie verschwand. Erst nach längerer Zeit kam sie mit frisch geschminkten Lippen wieder. »Hamma nich«, lallte sie mir mit vorwurfsvoller Stimme entgegen. Aus ihrem Blick kam ein: Stehst immer noch da? hervor. »Haben sie vielleicht so etwas Ähnliches, bitte«, stotterte ich zaghaft. Aber sie war eingeschnappt. Ein böser Blick und ein Schmollmund trotzte mich an.

Wie konnte ich es wagen, sie überhaupt zu belästigen? Plötzlich schmiss sie mir etwas hin. »Da!« Haben sie etwas Billigeres, wollte ich gerade fragen, aber diese vornehme, höfliche Prinzessin sagte: »Wollens noch was?«

»Ich habe nicht so viel Geld bei mir«, sagte ich kleinlaut. Du Niemand, du Nichts, du armes Würstchen, du billiger Freier – ich ertrug das Grinsen nicht, so klein und hilflos, so deklassiert wie lange nicht mehr. Langsam und traurig schlich ich mich davon, ich formulierte: »Der Kunde ist Bettler, die Verkäuferin Königin.«

Bettler und Königin hatten wir gerade gespielt. Ein neuzeitliches Gesellschaftsspiel. Jeden Tag in tausenden

Kaufhäusern ausgetragen. Doch als ich auf der Straße war, hatte ich mein Lächeln und meine Sicherheit wieder. Dekorateur Seidenwurm hatte das Schaufenster verhangen und eine Tafel angebracht, auf der in goldenen Buchstaben in schwungvoller Kunstschrift stand:

Wir geben uns die größte Mühe,
denn wir werben um Ihr Vertrauen.

Tante Marie

Wenn jemand von einer guten Tante erzählt, fällt mir meine Tante Marie ein. Sie war eine Tante wie aus dem Bilderbuch: froh, seelengut und freundlich. Schade, dass Sie nicht Tante Marie kennen. Schon der Name Marie vergeht mir wie auf der Zunge – nicht Marie oder Mariellchen, nicht Marinke oder Mimi, sondern Marie.

Was ist es eigentlich, dass mir die Erinnerung an sie so beglückt macht? Tante Marie war Bäuerin, obwohl es viel Arbeit im Haus und auf dem Feld gab, verstand sie zu feiern und mit dem Onkel Karl ein lustiges Leben zu führen. Das Feiern war nicht ein Fest in Saus und Braus, sondern die Heiligung des Feierabends, denn am Abend war es gemütlich im Bauernhaus. Onkel Karl spielte auf der Zither, und Tante Marie sang dazu. Oftmals waren Gäste da. Tante Marie meisterte die Feierabende mit viel Zeit und Umsicht und war niemals nervös.

Jahre später, ich war schon größer, wenn ich meiner Mutter nicht so recht folgte und nicht artig war, bestand Mutters höchste Drohung darin: »Wart' nur, das sage ich Tante Marie!« Tante Marie war die ältere Schwester meiner Mutter, und so war sie für diese eine Respektsperson wie ein General und wurde für mich zur höchsten Autorität.

Jahrzehnte später, meine Mutter war schon gestorben, Onkel Karl ebenfalls, rief mich eines Morgens Tante Marie an und sagte: »Du, ich möchte mich von Dir ver-

abschieden, bleib gesund Junge. Ich komme heute Nachmittag ins Krankenhaus. Ich werde sterben.«

Der Anruf überraschte mich sehr und ich beschwichtigte
sie: »Ach, das wird schon nicht so schlimm sein, und du
wirst wieder gesund.«

Tante Marie ging darauf nicht ein. Sie wusste, dass ihre
Zeit abgelaufen war. Tatsächlich ist sie im Krankenhaus
verschieden.

Ich bewundere sie wegen ihrer menschlichen Größe, dem
Tod so gefasst ins Auge zu sehen und gelassen das Unver-
meidliche anzunehmen.

Ja, sie hatte es schon immer verstanden, den Abend zu
heiligen.

Besuch in der Schule (Der Schulrat)

Wenig weiß ich: aber eines doch. In der Schule des Lebens gibt es keinen Abschluss.

Damals, am ersten Schultag, wusste ich das natürlich noch nicht.

Es fällt mir jetzt schwer, darüber zu schreiben, ich weiß nicht recht warum. Mein Blatt blieb lange leer. Eines weiß ich nur: der erste Schultag war sehr schön, denn es war ja gar kein richtiger Schultag. Wir wurden freundlich begrüßt, wir wurden gelobt, uns wurde die Schule gezeigt, wir bekamen unsere Plätze zugeteilt, es wurde gesungen und gemalt. Ob ich eine Schultüte bekam, weiß ich nicht mehr, aber eines weiß ich ganz genau: als ich nach Hause kam, schwärmte ich von der Schule meinen Eltern und Großeltern vor und wie schön es sei.

Das sollte sich bald ändern. So sehr gern ging ich nicht in die Volksschule.

Unser Lehrer, er hieß Beigel, war auch der Schulleiter. Er war ein blöder Kerl, aus heutiger Sicht kein guter Pädagoge und Psychologe. Geschlagen hat er mich nicht, aber ab und zu mal etwas bei mir angebracht, das ich nicht verstand.

Ich glaube, ich saß auch im ersten Schuljahr in der hintersten Reihe. Dort habe ich mich in den späteren Schuljahren immer am wohlsten gefühlt. Gerne hätte ich eine schöne, edle und charmante Lehrerin gehabt – leider blieb mir der Wunsch versagt. Vielleicht hätte ich dann besser gelernt. Willst du erfragen, was sich schickt, so frage stets bei edlen Frauen, las ich später in Goethes »Torquato Tasso«.

Eines Tages ging die Tür auf und plötzlich kam, ohne anzuklopfen, ein großer, stattlicher, streng blickender Mann herein.

Die Lehrerin erschrak, wir Schüler konnten uns zunächst nichts vorstellen. Die Lehrerin sagte: Das ist der Herr Schulrat aus der Kreisstadt, er kommt zur Visitation. Ich wusste weder, was ein Schulrat noch was eine Visitation ist.

Wir hatten gerade Leseunterricht, der Schulrat ging von Schüler zu Schüler, von Reihe zu Reihe, und jeder musste aus dem Lesebuch etwas vorlesen. Ich konnte noch kaum lesen und stotterte fast. Als ich an die Reihe kam, ging es doch ganz gut. Über das Wort, das ich nicht lesen konnte, half mir der Herr Schulrat hinweg. Zu mir schien der Herr Schulrat freundlich zu sein, er lobte mich sogar. Ob er eine Vorahnung hatte?

Es war 30 Jahre später. Der Schulrat von damals war Oberschulrat geworden, Oberschuldirektor gar. Freilich in einer anderen Stadt, in einem anderen Land, die Wirren der Zeit hatten ihn nach Baden-Württemberg geführt. Dort war er der Chef eines ganzen Schulbezirks. Er hatte einige hundert Lehrer unter sich. Ich lebte in Nürnberg. Ein gemeinsamer Verein führte uns wieder zusammen. Wir saßen im selben Vorstand. Leider habe ich Schulrat Josef Siegel von meiner Kindheitserinnerung nichts berichtet. Später, als ich es mir vorgenommen habe, war er bereits verstorben.

Unsere Vorstandssitzungen waren immer harmonisch und einmütig verlaufen. Eines Tages kam es aus läppischem Anlass zum Streit . Schulrat Sigel hatte das Protokoll der letzten Sitzung verlesen, als unser Vereinsvorsitzender Dr. Klug einen Satz im Protokoll bemängelte. Man war sich über eine Schreibweise nicht einig. Der Schulrat sagte, seine Sekretärin habe den Text geschrieben und der Satzbau stimme so. Dr. Klug war aber auch ein Fachmann: Er war Pressechef und stellvertretender Präsident eines großen bayrischen Verbandes, ein guter Redner und ein brillanter Schreiber. Als der Streit sich einige Minuten hinzog, sagte der Schulrat Siegel, zu mir: Entscheiden Sie, was richtig ist, sie sind schließlich unser Fachmann, unser Verleger. Ich kam in Verlegenheit, was sollte ich tun?

Wie konnte ich mich aus der Affäre ziehen? Auf der einen Seite mein guter väterlicher Freund Dr. Klug und auf der anderen Seite der Schulrat meiner Kindheit. Nach meinem Stilempfinden musste ich dem Schulrat recht geben – auf der anderen Seite, … so recht wusste ich es auch nicht. Was war zu machen? Ich dachte mir ein salomonisches Urteil aus, aber wie sollte es ausfallen? Ich war im Moment überfordert.

Aber ehe ich antworten konnte, sprach Dr. Falge, der stellvertretende Vorsitzende, ein Machtwort. Er klopfte auf den Tisch: »Meine Herren, solche Kinkerlitzchen mache ich nicht mit, da ist meine Zeit zu schade, es ist jetzt 22 Uhr, ich gehe schlafen«, und ging hinaus. Die Sitzung war abgebrochen und ich – … gerettet.

Der Gutschein

Wenn man schon älter ist, die fünfzig und die sechzig Jahre überschritten hat und auf die siebzig zugeht, ist man (zugegebenermaßen) nicht mehr geil wie ein Zwanzig- oder Dreißigjähriger. Neulich sagte meine Frau zu mir, mein lieber Mann, (immer wenn meine Frau mein lieber Mann sagt, hat sie etwas vor).

Also sagte sie, wenn mit dir nicht mehr so viel läuft, sollten wir andere Freuden des Lebens uns gönnen. Öfter mal ausgehen, Essen gehen und das Leben genießen. Ach, es ist durch den Euro alles so Teuro geworden, dass einem die Lust vergeht, antwortete ich. Du bist geizig, sagte meine bessere Hälfte.

Nach einigen Tagen legte mir meine Frau freudestrahlend einen Zeitungsausschnitt auf den Tisch und schnitt einen sogenannten Geiz-Gutschein aus, auf dem stand: zu zweit essen gehen, nur für einen bezahlen. Du darfst also kostenlos essen gehen und mich mitnehmen. Ich hatte keine Ausrede mehr. Ich konnte nicht widersprechen.

Wir machten uns also zu unserem früheren Gourmet-Tempel, zum Goldenen Ritter, auf. Wir hatten Glück und bekamen einen guten Platz, es waren nur sehr wenige Tische besetzt. Komisch, bei dem kostenlosen Zweitessen. Ein äußerst liebenswürdiger Ober nahm uns die Mäntel ab und begleitete uns zu einem schönen Ecktisch.

Meine Frau, die liebenswürdigste aller Frauen, aber manchmal auch etwas naseweis, winkte gleich mit dem

Geiz-Gutschein. Wir kommen zu zweit, aber bezahlen nur für einen, prustete sie freudestrahlend heraus.
Das Gesicht des Obers verdüsterte sich leicht und es schien, er ist nicht mehr so freundlich wie vorher.
Wir bestellten Filetsteak mit Spargel. Am Nachbartisch wurde vor uns serviert. Als unsere Speisen kamen, hatte ich das Gefühl, aber es kann auch nur mein Neid gewesen sein, dass die Portionen dort größer waren. Vielleicht habe ich auch meine Brille nicht richtig geputzt
Wir ließen es uns bei diesem Geschenkpreis richtig gut gehen, ich trank zwei Pils, mein Schatz zwei Silvaner trocken (wegen der Linie, wissen Sie), aßen zwei Suppen und sie Filetsteak mit Spargel und ich ein kleines Schnitzel mit Spargel. Als die Rechnung kam, war ich leicht verwundert, aber ich bin kein guter Rechner und was machte das bei dem schönen Abend.

Ich habe allerdings eine Marotte, die meine liebenswürdige Frau furchtbar nervt. Ich hebe alles auf. So habe ich ganze Stapel von Speisekarten, Hotelprospekten, Ferienangeboten, Rechnungen und sogar gegebene Trinkgelder, und so weiter und so fort gesammelt und so habe ich nachgerechnet. Gott sei Dank hatte ich noch die Rechnung von dem letzten Besuch vor drei Jahren von unserem Goldenen Ritter.

Bei der alten Rechnung
Zwei Pils   DM   7,20
Zwei Frankenweine   DM 13,00
Eine Tasse Kaffee   DM   2,00

Zwei Suppen			DM 6,60
Ein Essen			DM 12,40
Ein Essen			DM 13,10
also Summa summarum			DM 53,30,

Nun die neue Rechnung:

Zwei Pils	à Euro 4,80	=	9,60
Zwei Frankenwein	à Euro 8,50	=	17,00
Zwei Suppen	à Euro 6,40	=	12,80
Eine Tasse Kaffe	Euro 3,10	=	3,10
Ein Essen	Euro 17,50	=	17,50

Ein Essen graaaatis

Summa summarum Euro 58,00, also cirka 116 Mark.

also 116 Mark, verzeihen Sie, dass ich noch in Mark rechne, minus 53,30 ergibt einen Mehrpreis von 62,70. Mein Gratisessen kostete also 62,70 Mark.

Aus dem Goldenen Ritter war ein Goldener Raubritter geworden. Jetzt verstehe ich erst richtig den Werbespruch »Geiz ist geil«.

Der Gefangene und die Traumfrau

R. war ein erfolgreicher Geschäftsmann, Alleininhaber einer weltweit aufgestellten Firma. Angesehen, geachtet, beliebt bei allen, die ihn kannten.

Das Bundesverdienstkreuz war ihm vor Jahren verliehen worden.

Er war Mitglied in mehreren Berufsverbänden und Organisationen.

Sein schlossähnlicher Wohnsitz fiel auf, weckte auch manche Neider.

R. hatte viele Verhältnisse und 3 Ehen hinter sich und 7 Kinder von verschiedenen Frauen.

R wollte als Mitte 60er noch einmal neu starten. Er buhlte um S. mit der er schon seit Jahren in Kontakt stand und sie wurden sich bald einig. S. war ebenfalls eine Geschäftsfrau, war sehr erfolgreich im Mode-Business.

Kurz nachdem sie R. kennen gelernt hatte, ging es ihr finanziell plötzlich schlecht. R. bezahlte selbstverständlich ihre Schulden. Bald danach brachte er die Restsumme auf, die sie noch für ihr Einfamilienhaus zu bezahlen hatte.

Das Geld blieb im Besitz von S.

Bald zog sie in die große Villa zu R., ihre 2 Kinder, eine 17jährige Tochter und ihren 8jährigen Sohn brachte sie mit. Kein Problem in der großen Villa.

S. brachte noch ihre 3 Hunde mit, ein 4. Hund wurde für den Hausherrn zugelegt. Das war eine Freude: Im großen Garten tummelten sich die Hunde aus, verrichteten ihre Notdurft im ganzen Grundstück.

Als Erstes kündigte der Gärtner. Dann entließ S. die Hauswirtschaftsleiterin, danach die 2 Putzfrauen. »Alles unfähige Leute« meinte S. Jedes Mal wenn R. von einer Auslandsreise zurückkam, war eine der bisherigen Hausangestellten nicht mehr im Haus.

S. drängte auf Heirat. Glanzvoll, eine große Feier, mindestens 200 Leute.

Immer mehr »arbeitete« sich S. in R.'s Leben ein. Sie baute eine Mauer um ihren Mann. Sie bestimmte, wer privaten Zugang zu ihrem Mann bekommt. Das abrupte Ende des Kontaktes zu vielen Freunden des Mannes begann. Fast niemand kam mehr privat ins Haus.

R. tat so, als dass ihm alles recht sei. Er merkte nicht, wie sehr sich die Schlinge um seinen Hals zog. In der Firma ging es plötzlich schlechter, Er verlor Aufträge, Bauvorhaben wurden zurückgestellt, Mitarbeiter entlassen.

Immer öfter ging S. mit ihren Freundinnen allein aus. Auch der Kontakt zu seinen Kindern wurde immer mehr unterbunden. Der älteste Sohn wurde zur Zweigstelle nach Brasilien abgeordnet. Auch R. selbst zog sich aus dem Haus immer mehr zurück, ging auch privat auf Reisen. Verunglückte mit seinem Motorrad, brach sich mehrere Rippen, wurde mehrfach operiert.

Die Nachbarn merkten, dass aus dem einst interessanten Mann ein alter Griesgram geworden war, öfter schlich er wie ein Häufchen Elend umher.

Auch die Banken bemerkten die Familienverhältnisse. Sie waren immer weniger bereit Kredite zu vergeben. Niemand in der Familie kam für eine evtl. Nachfolge infrage, auch der Wechsel in der Firma kam dazu. Führungskräfte kamen und gingen.

R. wollte sie unbedingt halten, schenkte ihr ein neues Auto, überschrieb ihr eine Eigentumswohnung. Aber S. forderte immer mehr. Ausgang offen.

Du bist alt geworden

Seit einigen Tagen sage ich zu mir »Du bist alt geworden.«
Es war in einem REHA-Zentrum, in dem ich nach meiner
Schulter-Operation Heilung suchte. So viele alte Leute,
Männer wie Frauen, traf ich in dieser Station.
Ich erschrak wie viele Leiden es gibt. Ja, ich gehöre jetzt
zu den Alten und Invaliden.
In dem Moment, wo ich auf Hilfe angewiesen war, fühlte
ich mich richtig alt.
Ich weiß: Man sieht mir mein Alter nicht an. Ich fühle
mich jünger und werde jünger geschätzt. Meine Einbil-
dung stirbt zuletzt. Vor kurzem konnte ich noch Bäume
ausreißen, jetzt laufe ich drumherum.
Plötzlich wurde ich zu einem Senior.
Ich erinnere mich noch an eine Begegnung, die ich im
Alter von 60 Jahren in Berlin hatte.

Das alte Haus im Grund

Meine Mutter war ein Zugvogel. Jeden Frühling brach sie auf, zwar nicht in den sonnigen Süden oder in den kühlen Norden, sondern zu dem Bauernhaus am Bach, ihrem Elternhaus, im 10 km entfernten Dorf. Da zog es sie nach den langen Abenden des Winters nach der Heimat. Für mich war es ein besonderes Erlebnis, denn ich durfte sie auf diesen Ausflügen begleiten. Ich hatte es besonders gut, ich saß vor der Mutter auf dem Kindersitz des Fahrrades, und sie beschützte mich. Sie strampelte und strampelte vorbei an grünen Wiesen und umgepflügten Feldern. Manche Bauern machten sich auf den Feldern zu schaffen und grüßten herüber, vielleicht dachten sie, die beiden haben ein schönes Leben und sie fahren hinaus in die Welt.

Ja, wohin sind wir denn gefahren, zum alten Haus im Grund.

»Im schönsten Wiesengrund steht‹ meiner Heimat Haus, da zog ich manche Stunde ins Tal hinaus, dich mein stilles Tal grüß ich tausend Mal, da zog ich manche Stunde ins Tal hinaus.«

Ja, ich kenne auch so ein Haus, dass in einem kühlen Grunde stand, und der Dorfteil hieß auch »Im Grund«. Dort war das Haus der Eltern mütterlicherseits. Immer, wenn ich Eichendorffs Lied höre, denke ich an dieses Haus der Großeltern. Ich habe nie ein Haus gesehen, das so voller Grün und voller Blüten war. Vor dem Haus lief ein kleiner Bach entlang, in dem ich als Kind versuchte, mit den bloßen Händen Forellen zu fangen, aber alle glitten mir aus den Händen.

Die Märzenbecher blühten dort so schön wie nirgends.

Dem alten Haus aber ist Unrecht geschehen, es ist, als sei seine Seele 1946 fortgegangen, dann, als die Menschen aus dem Haus vertrieben wurden, als zwei Gendarmen im Morgennebel mit einem »Ausweisungsbefehl« kamen. Davon kann sich das alte Haus nie wieder erholen. Es kann dennoch nicht sterben, wenngleich es mit den Jahren langsam verfällt.

Ein Tag im August

Samstag früh 7.00 Uhr.

Auf der Autobahn A 3 von Nürnberg Richtung Frankfurt, meine Frau am Steuer. Erträglicher Verkehr um diese Stunde. Als Beifahrer noch halb geschlafen.

Ankunft 10.00 Uhr im Westerwald. Starker Bohnenkaffee, ausführlich gefrühstückt. Irgendwann danach bemerkte ich ein komisches Gefühl im Körper. Meine Frau maß den Blutdruck. Alarm: Blutdruck 210. Telefon zu einem Arzt: heute keine Sprechstunde, rufen sie den Notarzt an. Dieser kam ¼ Stunde später, der Blutdruck war auf 220. Er gab mir …

Der Blutdruck sank auf …

Der Notarzt rief verschiedene Krankenhäuser der Umgebung an, alle waren besetzt. Nur im Herz-Jesu-Krankenhaus in Dermbach war ein Platz frei.

Oh Gott, Morgen 80ster Geburtstag der Schwiegermutter, große Feier, viele Gäste.

Die Sanitäter kamen und brachten mich mit heulender Sirene über die Landstraße nach Dermbach. Ein Rütteln und Stoßen im Krankenwagen, das Bremsen und Anfahren bemerkte ich, gelegentliches Hupen, ca. ½ Staude Fahrt. Ich schlafe halb.

Vor mir zu meiner Linken eine Rettungsassistentin, blinzelte gelegentlich zur mir. Dann die Augen zu, das Dösen, das Wagenschütteln. Ab und zu sagte die Assistentin etwas. Sie dürfen die Augen auch länger offen halten. Ich sah sie an, eine attraktive junge Frau Mitte 20. Sie lächelte mich an, ich schließe wieder die Augen, dann öffne sich sie wieder und schaue zu der rechten Seite. Da sitzt sie auf der rechten Seite. Schließe die Augen, sehe wieder nach links, da sitzt sie links. Das geht so 3-4-mal, rechts und links. Ich werde verrückt, denke ich. Oh Gott, die letzte Stunde hat geschlagen. Bin ich übergeschnappt? Oh Gott, wie ich phantasiere, ich bin nervlich am Ende.

Die Rettungsassistentin bemerkt meine Unruhe: »Halten Sie ihre Augen länger auf«. Ich sehe nach rechts, dann wieder nach links.

 »Das ist meine Zwillingsschwester«. Nein! Plötzlich bin ich gesund, ich versuche zu flirten, zweifaches Glück. Eine schöner und sympathischer als die Andere.

»Meine Schwester« sagt die Linke, ist zur Ausbildung als Rettungsassistentin hier. Ein frischer Schwung fährt in mich. Der Wagen, das bemerkte ich, fährt in einen Hof. Wir sind am Ziel, sagen die Beiden. Die hintere Tür des Sanitätsautos ging auf. Da hinten kommt meine Frau mit ihrer Cousine. Sie sind nachgefahren. Das Flirten war vorbei.

Eine Insel der Erinnerung

Es war einmal ein kleiner Junge, dem erzählte seine Groß-mutter: der liebe Gott sieht, hört und weiß alles. Deshalb musst du immer recht brav sein, denn er liebe Gott kann in die Herzen sehen. Nun war der Junge freilich etwas keck und er sagte: Großmutter, wie kann das gehen? Bei so vielen Menschen auf der Welt? Zweifle nicht, antwortete die Großmutter, denn der liebe Gott ist allwissend und allmächtig.

Wenn auch die Tage der Kindheit sich immer mehr ver-dunkeln und ins Meer der Vergessenheit gehen, bleibt doch manche Stunde eine Insel der Erinnerung. An diese frühe Stunde wurde ich in den letzten Wochen klar und deutlich erinnert, als mir bewusst wurde, wie wir unter fremden Augen leben, wie wir überwacht werden. Was würde Großmutter sagen?

Handy, Bankautomat, Kreditkarte, Versandhausbestel-lung, Rabattsysteme, Versichertenkarte, Arztrezept, Navi-gationssystem, teilweise aus Bequemlichkeit und Notwen-digkeit. Eine Welt der Rätsel für sich. Meist aber wissen wir nicht, was mit unseren Daten geschieht, in wessen Hände sie fallen.

Davor kann man sich zum Teil schützen. Wie: ich habe es in den letzten Wochen ohnehin getan.

- Kaufe nicht im Versandhaus
- Zahle fast alles bar wie früher (weil ich überall Ra-batt heraushole)
- Benutze und sammle keine Rabattmarken

Aber es gibt Karteien und Informationssysteme, wie Geheimdienst, Staatssicherheit, Polizei, Kriminalpolizei, die nur nicht zugänglich sind und quasi nur auf dem Amtswege erfahrbar sind.

In minderer Form: Kraftfahrtbundesamt in Flensburg oder Polizeiliches Führungszeugnis in Berlin, die ich anfragen kann, dann alle Kreditauskünfte, wie die Schufa, u.a. Gefährlich wird die Kontrolle der Bürger, wenn sich Diktaturen der gespeicherten Daten bemächtigen. Wer kennt alle die Praktiken der Stasi, um nur ein Beispiel zu nennen.

Wo bist du heute, du Stasi-Offizier, du Grenzer der Volkspolizei, wo seid ihr andern Werkzeuge des Regimes?

Damit nicht genug: Überwachung gibt es auch im privaten Bereich. Bespitzelung von Mitbürgern ist eine ganz infame Charaktereigenschaft, der Denunziant, der Verräter, ist ein widerlicher Geselle.

Wie weit ein Thema doch wird, wie es sich ausweitet, wenn man sich einmal hineindenkt. Und doch habe ich den wichtigsten Aspekt vergessen. Was könnte es sein? Jede negative Sache hat auch eine positive Seite. Wenn man besonnen in das Wort Überwachung hineinhört, steckt am Anfang »überwach«. Die Eigenschaft überwach, aufmerksam, konzentriert sein ist doch positiv. Ein Stück Lebendigsein steckt darinnen.

Bin ich eigentlich immer lebendig? Reagiere ich überwach? Es kommt eine Forderung auf mich zu: immer stärker auf mein Inneres zu achten, auf meine Selbstkontrolle und Selbstüberwachung.

Die Anderen überwachen mich sowieso? Vielen bin ich uninteressant, ich darf nicht überheblich sein, nicht überschwänglich, darf mich nicht so wichtig nehmen, wie ich auf andere wirke. Den meisten bin ich ohnehin gleichgültig, überflüssig. Aber mich selbst darf ich wichtig nehmen, muss es sogar. Mich kontrollieren in meinem Tun und Lassen, meine Fehler beleuchten, meine starken Seiten aktivieren.

Was helfen denn alle meine Fähigkeiten, wenn sie nicht ans Tageslicht kommen, frage ich. Sie bleiben nur Illusionen und Träume, doch das genügt nicht.
Wie habe ich mich verspätet! Es ist Herbst geworden: Ein Blatt fällt nach dem andern ab. Aber der Baum trägt noch Früchte. Ganz hinten im Garten steht eine Nebelwand wie der Vorhang der Zeiten. Ich ziehe ihn mit meinem geistigen Auge weg. Es öffnet sich der Garten des Lebens. Ich sehe, wie meine Großmutter mir zusieht und ein stiller Friede liegt auf ihrem Gesicht.
Mir ist, als hat eine Stunde der Kindheit ein Geheimnis mir offenbart.

Wie schnell doch mein Sonntag vergeht

Was ist das, wenn ich sage: ›Heute ist Sonntag‹. Ist es ein besonderer Tag? Ist es ein besinnlicher Tag? Ist es ein Tag an dem ich ruhe von der Last der Arbeitstage? Ist es ein Feiertag? Ein Freudentag? Ein Sonnentag?

Sicher: Der Tag ist ein Einschnitt in die Woche. Hier endet eine alte Woche, hier beginnt eine neue Woche, ganz wie man es sieht.

Der Sonntag hat viel von seinem früheren Glanz verloren. Die Arbeitstage und –zeiten sind kürzer geworden. Der Kirchenbesuch, der den sonntäglichen Vormittag prägte, ist viel seltener geworden. Freunde, Bekannte und Verwandte kann man heute öfter erreichen durch moderne Kommunikationsmittel wie Telefon oder Telefax. Man braucht nicht mehr auf die Zeit nach dem Kirchgang zu warten, um Gespräche zu führen, Nachrichten zu tauschen oder Geschäfte zu besprechen, wie es dereinst in den Dörfern war.

Und dann: meine innere Einstellung zu diesem Tag. Ich kann jeden Tag in der Woche gut essen gehen, ich brauche nicht mehr auf den Sonntag zu warten, wo die Gasthäuser ohnehin voller sind. Einen Sonntagsbraten kann man heute täglich genießen. Und dann anstelle von Kirchgang kann ich eine Matinee in einem Theater besuchen, eine Gemäldeausstellung, die gerade eröffnet wird, ansehen. Einer Dichterlesung lauschen. Ich habe Alternativen, im Kunst- und Kultur-Amüsement.

Und dann der Sonntag als Freudentag? Muss ich eigentlich auf den Sonntag warten, um mich zu freuen? Ich freue mich nicht mehr auf den Sonntag, sehne ihn heute nicht mehr herbei.

Den Feiertag, den Sonntag der Seele, kann ich ihn nicht jeden Tag erleben? Wenn ich nicht lerne, jeden Tag ein bisschen mehr lerne, nützt mir auch der Sonntag nichts. Die Verschiebung auf den Sonntag ist dann eine Flucht vom Hier und Jetzt.

›Später, da werde ich … ‹, Ja, was werde ich da? Da werde ich freundlicher zu Dir sein, Dich liebevoller ansehen, Dich anlächeln, Dir geduldiger zuhören. Da werde ich Worte für Dich haben, Hände für Dich haben, Gefühle für Dich haben. Heute? Nein, heute ist ein Wochentag. Heute bin ich im Joch der Woche, in der Belastung des Esels. Aber am Sonntag, da bin ich ein anderer. Da werde ich alles nachholen, die Träume realisieren, meine Versprechungen einlösen.

Ist aber der Rucksack der Woche, der voller unerledigter Pläne steckt, nicht zu schwer für mich geworden? Wird er mich nicht in die Knie zwingen? So dass ich nicht mehr weiter komme? Muss ich nicht einen Teil der Bürde ablegen, einfach meinen Rucksack entleeren?

Ja, Leere in mich hineinlassen, damit ich frei werde für eine neue, leichtere Zeit. Ich muss mir einen Ruck geben. Wozu? Ich muss eine neue Reisewoche beginnen. Wohin geht die Reise? Sie geht in meinen Tag hinein. Den Tagesablauf gut zu gestalten ist eine der höchsten Künste. Wenn mir das gelingt, kann jeder Tag ein Sonntag, ein lichtvoller Tag sein. Dann hat auch der Sonntag nichts von seinem einstigen Glanz verloren.

Berichte über Herrn Kleinlein

Er lebt seit einigen Monaten bei uns im Haus, da er ohne Arbeit ist, haben wir ihm die Miete erlassen und verpflegen ihn kostenlos. Er ist dafür sehr dankbar und erfreut uns des Öfteren.

Unser Sohn brachte ihn vor einiger Zeit zu uns und meinte, der wird euch gefallen.

Jetzt, da er bei uns ist, hat er das lesen gelernt.

Wir wohnen in einer Einbahnstraße, auf der einen Seite steht ein Schild »Spielstraße«. am anderen Ende der Straße, wenn man von der anderen Richtung kommt, steht ebenfalls ein Schild »Spielstraße«.

Vor einigen Jahren kam ein Freund zu uns auf Besuch und lebte mit seiner Partnerin einige Tage bei uns. Jacques heißt er. Er ist der Sohn eines ehemaligen belgischen Generals, der eine deutsche Frau geheiratet hat und lebt seitdem in der Nähe von Bonn.

Eines Abends sage Jacques: Wie heißt denn eigentlich euer Kater? Ja, wir haben ihn Tommy genannt und später gab ich ihm den Namen Herr Kleinlein.

Der Kater stand in der Tür und Jacques rief: Tommy, komm mal her. Dieser rührte sich nicht von der Stelle und tat, als wenn er nichts gehört hätte.

Jacques rief lauter: Komm her. Er rührte sich wieder nicht. Ich sagte zu Jacques. Ich habe ihn Kleinlein genannt, ruf ihn doch mal und Jacques rief erneut: Herr Kleinlein, jetzt kommen sie doch mal her. Der Kater schwieg. Da wurde Jacques leicht sauer und meinte, dann muss ich noch was drauf geben, vielleicht ist er Akademiker oder er ist von Adel.

Und Jacques rief so laut, dass die Wände krachten: » Herr Dr. von Kleinlein, jetzt kommen Sie mal hier her. Wie von der Tarantel gestochen lief der Kater auf ihn zu, sprang ihn an und ließ sich streicheln.

Einige Tage vergingen, Jacques war wieder an seiner Arbeitsstelle in Bonn und er hatte uns einige Utensilien aus seinem Büro zugesandt. Als die Sendung eintraf, rief ich ihn in seiner Firma an, eine Mitarbeiterin von ihm war am Telefon und ich sagte, ich hätte gerne Herrn Moreau gesprochen. Wen darf ich melden, fragte die freundliche Dame. Ich sagte zu ihr, mein Name ist Dr. von Kleinlein. Herr Moreau, Herr Dr. von Kleinlein möchte sie sprechen. Ich hörte Jacques des Weges kommen und der rief laut: Herr Dr. von Kleinlein, haben Sie meine Ware bekommen? Unser Gespräch ging in ein lautes und anhaltendes Lachen über.

Die Heimfahrt des jungen Erben

Endlich machte ich mich an die Ausführung eines Planes, der mich schon lange beschäftigte, nämlich das Dorf aufzusuchen, von dem meine Vorfahren und ich herstammen. Dieser Ort liegt heute in der tschechischen Volksrepublik, tief im Innern des Landes am Fuße des Riesengebirges. Eigentlich hatte ich eine Abneigung gegen diesen Ort, fast einen Widerwillen, wenn ich nur die Worte Riesengebirge, Sudetenland oder Heimat hörte. Ich war erhaben über den Firlefanz meiner Eltern und der Großmutter, und ihre Gespräche, »wie schön es früher daheim war«, fand ich abstoßend. Was sollte ich mit den überkommenden Vorstellungen, ich, ein Mensch des 20. Jahrhunderts, tolerant, aufgeschlossen und fortschrittlich.

Freilich etwas spürte ich in mir, eine magische Strömung, der ich nicht entgehen konnte, die mich zog, dieses Land zu erfassen, das ich unbegründeter Weise missachtete. Nun fuhr ich also hin. Praha stand auf der Ortseinfahrtstafel, Hradec Králové, Trutnov. Das war meine Heimatstadt, die ich fast durchfahren hätte, so schnell war ich an der Straße vorübergehuscht. Seltsam, fast schnürte es mit das Herz zu, als ich das Dörflein sah, klein, schäbig, so heruntergekommen. Die Häuser arm und bedrückend, die Straße holprig und schmutzig, die Menschen ärmlich und gebückt.
Ich stieg aus dem Auto und suchte den Dorfplatz, kam

zur Kirche, zum Friedhof. Verwildert und trostlos, hier und da ein paar Steine mit deutschen Namen. Hollmann, Wanka, Dittrich und da – ganz hinten in der Ecke, halb verfallen, ein beschädigter Stein: Hier ruht Anton Erben, geboren am 26.2.1856, gestorben am 6. Oktober 1933. Tränen ersticken mich. Das Grab meines Großvaters ließ mich das Schicksal finden, heute am 6. Oktober 1973, genau 40 Jahre nach seinem Todestag. Dann ging ich durch das Heimatdorf, suchte jenes Haus, seit Jahrhunderten uns Erben gehörend, wo Großvater gestorben ist und ich geboren wurde und aus dem ich als Zweijähriger damals vertrieben wurde.

Heute spreche ich anders über das kleine Dorf im Riesengebirge und die Menschen, die an ihm hängen, trotz seiner Armut ist es mit lieb geworden und ich spüre, wie es auf meine Liebe wartet.

Warum sich sorgen

Bei fast allen Gesprächen, die ich in der letzten Zeit führte, klang mehr oder weniger drastisch ein Hauptproblem der Menschen unserer Tage an: die Überforderung.

Was ich so zu hören bekam: »Mir stehen angesichts der vielen Arbeiten die Haare zu Berge« oder »Ich habe einfach keine Zeit zum Ausruhen und zur Muse«. Diese bedrängenden Sorgen lähmen einen Menschen, engen seine Persönlichkeit ein und sind Hemmnis auf dem Wege zum größten Erfolg. Nun begegnet man auch Menschen, deren Leben bis zum Hals voller tatsächlicher Sorgen ist und die doch so leben, als wären ihre Probleme überhaupt nicht vorhanden. Nun sei hier nicht von der spielerischen Sorglosigkeit und Wurstigkeit geredet, ich würde eher als Maxime das Sprichwort sehen: Sorgenlos sein ist ein Glück – sorglos sein ein Unglück. Sorgen entstehen immer dann, wenn man die Existenz durch Gefahren bedroht sieht, wenn die Weiterentwicklung eingeengt ist und wenn der Boden, auf dem man seine Geschäfte aufgebaut hat, schlüpfrig wird.

Aber Sorgen fordern zum Widerstand auf, mobilisieren Kräfte und ungeahnte Energien, helfen neue Möglichkeiten zu entdecken und lassen neue Wege finden. Das Buch des Amerikaners Dale Carnegie »Sorge dich nicht, lebe!«, das mit tröstlichem Optimismus zur Lebensmeisterung aufruft, kann für deutsche Leser nicht gerade zum Grundsatz werden, schon gar nicht ist es das Geheimrezept. Sorgenmeisterung wird immer eine individuelle, subjektive Problematik bleiben, weil die Befreiung von Sorgen bei jedem selbst beginnen muss. Bei den Problemen jedes Einzelnen.

Die Weisheit des antiken Philosophen Epikur: »Es sind nicht die Dinge an sich, die uns Sorge bereiten, sondern unsere falschen Vorstellungen von den Dingen«, gilt auch für uns. Dieser Satz wird am Anfang stehen, denn er fordert uns zur Besinnung auf, und er wird Ausgangspunkt sein, wenn wir unsere Sorgen neu überdenken. Es kommt dann zu einer neuen Einstellung den Problemen und Sorgen gegenüber. Die Sorgen schwinden, weil sie überwunden wurden, nicht aus Sorglosigkeit oder durch Verdrängung, sondern durch Besinnung und Einsicht.

Lobempfänger

Du denkst, dass du deine Sache gut beherrschst, dein Metier verstehst, es ist gut, wenn man aufgemuntert wird, besonders dann, wenn man ein echosuchender Autor ist. Allerdings gibt es immer jemanden, der dich niedrig macht. Obwohl du dich als etwas Besonderes fühlst, macht er dicht elend. Dann wirst du als sensibler Schreiber den ganzen Tag sauer, bist deprimiert und alles ist versaut. Besonders die alte Schrulle, die noch nie eine Zeile geschrieben hat, die dir naseweis nachweist, dass du Seite 367 ein Komma vergessen hast. Das Komma allerdings war nicht der Fehler, über den du dich geärgert hast, sondern der Fehler war, dass du auf gleicher Ebene im Kurs mit ihr gewesen bist. Da konnte keine Hierarchie entstehen, niedrig zu niedrig ist nicht gut. Du sahst in deinen eigenen Schatten. Du hast dich billig verkauft. Während du dich abtust mit Sätzen wie »Wenn wir einen guten Autor hätten« oder »Leider gibt es niemanden in unserer Mitte, der gut schreiben kann« lobt sie die anderen, die Fremden, die Etablierten, die in der Presse stehen oder im Fernsehen, das sind für sie die Klassiker. Auch diese waren Anfänger, daran denkt sie nicht.

Sie aber bleibt auf der Stelle, ohne eine einzige gute Stelle, die sie je geschrieben hat, eine Mitläuferin.

Die einzige positive Antwort, die ich von ihr bekommen habe war, »naja« und das schallte so, als ob es ein Opfer wäre. Danach hat sie sich mit anderen an einen Tisch gesetzt und so getan, als gäbe es mich überhaupt nicht. Da habe ich sie gehasst.

Als Rache habe ich alles daran gesetzt, dass ich ihr nie mehr begegne und ihr keines meiner Bücher sende oder über meine Auszeichnungen berichte. Denn heute wäre ich ihr sicher noch immer ein »naja« wert.

Nach Charles Bukovski

Gedanken an der Elbe

Ich stieg in Hamburg auf den Michel hinauf und besah mir die Stadt.

Dann blickte ich in die Ferne. Da sah ich die Elbe, den Fluss meiner Kindheit und Heimat. »Dorther kommst Du«, sprach eine Stimme in mir.

Ich sah die Elbequelle hoch oben im Riesengebirge, die Dörfer und Städte flogen an mir vorbei, Hohenelbe, Kukus (das Schloss meiner Kindheit), Königgräz, Podibrad, die Höhe von Melnik, wo die Elbe das Wasser der Moldau aufnimmt, sah Leitmeritz, wo die Eger in die Elbe floss, Aussig, das Elbsandsteingebirge und schließlich Dresden, das Elbflorenz, Meißen, Barby, den Zusammenfluss von Saale und Elbe, dann Magdeburg, Tangermünde, und schließlich die Weltstadt Hamburg.

Jedes Mal, wenn ich über die Elbebrücke vor Hamburg fuhr, schlug mein Herz höher. Ich könnte noch vieles erzählen über die Elbe. Wie in einem Bildband flossen die Bilder an mir vorüber. Seite um Seite Erinnerungen, Bilder, Gedanken. Die Elbe ist gut eingespeichert mit vielfältigen Spuren in meinem Gedächtnis.

Beim Heruntergehen vom Michel fiel mir plötzlich ein anderes Elbeerlebnis ein. Es war an der alten Liebe.

Dort wo die Elbe in die Nordsee strömt bei Cuxhaven i s t sie, die alte Liebe, ein Felsen über der Elbe, ein Aussichtspunkt. Hier fahren die Schiffe hinaus ins offene Meer. Hier muss die Elbe ihren Namen büßen, hier küsst sie die See, die Nordseefluten.

An der alten Liebe traf ich einen Fremdenführer, einen alten Kapitän. Er konnte viel erzählen von der Elbe, vom Hamburger Hafen, von den Schiffen, die in die Fremde fuhren, wie viel Bruttoregistertonnen sie hatten, unter welcher Flagge das Schiff fuhr und vieles andere. Mir schien, dass er ein gescheiter Mann war.

Ich wollte auch mein Wissen anbringen, und frug ihn ganz unschuldig, wo eigentlich die Elbe entspringe. Ich machte ihn mit dieser Frage verlegen wie mir schien. Ja, so genau weiß ich das nicht – aber doch in der DDR, in Sachsen.

Als ich ihn fragte, ob es auch im Riesengebirge sein könnte, zuckte er mit den Achseln. Er wechselte schnell das Thema. Ja, im Erzgebirge entspringt sie, sagte ein Umstehender ganz selbstsicher, ist doch klar, und schaute mich Unwissenden fast vorwurfsvoll an.

Der alte Kapitän sprach weiter von Bruttoregistertonnen und den Flaggen der Schiffe.

Es ist schon seltsam, dachte ich, wir Menschen können selten eine Wirkung auf ihre Ursache zurückführen. Was meine ich damit?

Es ist in vielem ein Wettkampf, auch einer in den Flüssen. Warum heißt es hier Elbe, es könnte auch Aupa, Chrudimka, Iser, Moldau, Eger, Mulde, Havel, Saale oder sonst wie heißen. Ein Ausgangspunkt wird genommen. Im Wettkampf der Flüsse behält einer die Oberhand und behält seinen Namen. So ist es auch im Wettkampf des Menschenlebens; viele sind mit ihrem Namen gerufen, aber nur wenige sind auserwählt und ihr Name leuchtet in den Zeiten fort.

So ist es auch mit den Schreibenden. Viele schreiben: Diktate und Aufsätze in der Schule, Liebesbriefe an einen vertrauten Menschen, Bewerbungsschreiben um eine Stelle, einen Bittbrief an eine Behörde, Artikel für die Tages- und Fachzeitschriften, Reden vor einem größeren oder kleineren Podium.

Überall ein Wettkampf: Eine gute Note zu bekommen, den Liebespartner günstig zu stimmen, einen Vorteil herauszuholen bei einer Arbeitsstelle oder einfach nur um sich in ein gutes Licht zu stellen, Lob und Anerkennung zu erlangen.

So sinnierte ich oben am Michel und erschrak, als plötzlich die großen Kirchenglocken läuteten.

Am Ende des Lebens ertönt ein größerer Gong, ein endgültiger; dann werden andere über deine Gelegenheiten, die Versäumnisse, über deine Ursachen und Wirkungen urteilen. So philosophierten meine Gedanken beim Blick auf die Elbe.

Im Krankenhaus in Zeitz

Sie war schon schwer die Vertreibung, die Fahrt im Viehwaggon, der Hunger, die Ungewissheit, das entwürdigende Leben beim Transport aus der Heimat. Am schwersten war es für die Alten und Kranken.

Nun waren wir angekommen, die Hälfte des Dorfes, im Flüchtlingsdurchgangslager der sowjetischen Besatzungszone.

Die Fahrt hatte zunächst ein Ende. Nun begannen die Tage des Lagerlebens, bis es von dort weiterging in die einzelnen unfreiwilligen Zielorte. Man war hier noch zusammen mit der Dorfgemeinschaft, freilich mehr Kinder, Frauen und Alte, als junge rüstige Männer.

Eine Frau aus unserem Dorf, Frau Storm, die ein Lebensmittelgeschäft hatte. Sie hatte noch die Kraft andere aufzurichten. Es scheint mir, als ginge von der Nachbarsfrau aus unserem Dorf noch heute ein Segen aus, denn es ist mir bis in mein Alter gut gegangen.

Wie ich das Egerland lieben lernte

1949, in der mitteldeutschen Kleinstadt Bernburg an der Saale, hier lebte ich mit meiner Mutter, die Kriegerwitwe war, ein einfaches Vertriebenenleben. Der Krieg hatte meine Mutter schon 1944 zur Witwe gemacht. So kam sie als 34-jährige aus einem kleinen Dorf im Riesengebirge mit ihrem 9-jährigen Sohn in die kleine graue Stadt. Dort lebten wir in einer Einzimmer-Dachschrägenwohnung, zusammen mit der Großmutter.

Treffpunkt der Vertriebenen war am Sonntag die heilige Messe.

Eines Tages nach dem Gottesdienst, den ich mit Mutter besucht hatte, ging ein großer, kräftiger Mann hinter uns her. Meine Mutter erzählte mir später, dass er von einem Bekannten erfahren hatte, dass sie Witwe sei. Er war Junggeselle und hatte ebenfalls die Heimat verloren. Es dauerte fast eine halbe Stunde, bis wir vor der Wohnung angelangt waren und der Mann den Mut fasste, meine Mutter anzusprechen. Es war ihm offenbar peinlich, eine Frau in Begleitung ihres kleinen Sohnes anzusprechen. Ich tat instinktiv das Richtige, ging beim Gespräch voraus und ließ ihn mit meiner Mutter allein reden. Sie sagte mir später, dass sie sich mit dem Fremden verabredet hätte.

Ab und zu kam der Freund meiner Mutter zu Besuch. Er sagte, wo Egerländer sind, wird gesungen und musiziert. So war es auch damals. »Onkel Wilhelm«, wie ich ihn nannte, hatte eine schöne Stimme und er sang Lieder –

die ich noch bis heute im Ohr habe – »Egerlander halt's
eich zamma«, »Bruder Liederle«, »Egerland, mein Heimat-
land«, »Mädel ruck, ruck, ruck«. In diesen Liedern hörte
ich das erste Mal das Wort Egerland. Es wurde für mich
zu einem magischen Wort.

Onkel Wilhelm war kein Heuchler und Schöntuer, er ging
grad‹ und ehrlich seinen Weg. Man fühlte sich wohl in
seiner Nähe und wurde sofort warm mit ihm. Onkel Willi
war ein Bauernsohn und von kräftiger Statur. Er hatte
große, ehrliche Hände. Oft prägen Menschen die Heimat.
Ich spürte in meinen jungen Jahren, es muss etwas Besonders an diesem Land sein, ein Zauber, der es umgibt,
das spürte mein kindliches Gemüt. Egerland wurde für
mich zu einem magischen Wort.

Damals habe ich das Egerland lieben gelernt.

Das Hotel »Zum fröhlichen Sterben«

Das Hotel »Zum fröhlichen Sterben« ist nicht etwa der Titel eines schlechten Kriminalromanes oder Gruselfilmes, nein, das Hotel »Zum fröhlichen Sterben« gibt es wirklich, ist Realität nicht in unseren Breiten, so doch in Singapur, der sündhaften Hafenstadt im fernen Lande Malaysia. Dieses merkwürdige Haus, in der Sprache des Landes »Tai Lei Kun« genannt, ist letzte Station auf dem Wege zu dem Land ohne Wiederkehr. Hier sollen alle diejenigen ihre letzte Ruhestätte haben, die nicht irgendwie einsam und verlassen sterben möchten, hier bietet sich Sterben mit Komfort: Bunte Laternen Musik, kostbare Särge, das alles ist garantiert. Für eine Pauschale von 170.00 DM.

Wenn der schmerzlichste aller Augenblicke gekommen ist, dann will auch der Mensch des Fernen Ostens nicht auf seine Riten, seine Tradition, nicht auf die Welt seiner Geister und auf die guten und weisen Feen verzichten, die in seinem Weltgefühl lebendig sind. Darum dieses Haus. Der einsame Mensch, der ohne die Familie seine letzten Stunden verbringen muss und der um die Zeremonie einer würdigen Beerdigung bangt, wird Gast dieses Hotels und nimmt die Dienstleistungen in Anspruch, die zum erhabenen Abschied gehören.

In den Straßen Singapurs kann man Plakate und Anschläge lesen, auf denen steht: »Kommen Sie zu uns in die Sago-Lane. Wir kümmern uns um Sie gegen einen festen

Preis von 15 Pfund Sterling im Monat. Wir sichern Ihnen ein friedliches Sterben zu, bunte Laternen, Fahnenträger, einen erstklassigen Sarg, der Ihre Freunde und Nachbarn vor Neid erblassen lassen wird, und Klagefrauen, deren Einsatz im Voraus in Bezug auf Dauer und Intensität des Weinens im Preis ausgemacht werden kann. Wir stellen ein Bett. Die Angehörigen haben die Möglichkeit jeden Tag die Nahrung zu bringen. Wir halten einen Arzt bereit, der den Totenschein ausfertigt. Wir übernehmen die Organisation der Beisetzung nach den heiligen Riten des Tao!«

Der Gründer und Initiator dieses neuartigen Hotelbetriebes war ein ehemaliger Matrose namens Chi Ching Dong. Als er einmal nach langen Monaten der Fahrt wieder in seine Heimatstadt Singapur zurückkam, war völlig überraschend seine Mutter gestorben. Der einzige Sohn hatte ihr kein würdiges Begräbnis bereiten können. Seine Mutter war armselig hingeschieden, mit einem einfachen Brettersarg, ohne bunten Laternen, Fahnenträger und Klagefrauen. Man wusste nicht, wo der Sohn weilte, und ob er überhaupt noch lebte.

Chi Ching Dong grübelte und grübelte. Dann kam ihm eine Idee, er wollte anderen Mitmenschen ein ähnliches Ende ersparen. Diese Idee des armen Matrosen Chi Ching Dong imponierte einem begüterten Chinesen, der ihm Geld gab, um zwei Häuser in der sogenannten Sago-Lane, einer der schönsten und romantischsten Straßen von Singapur zu erstehen. Einige Wochen später war das »Tai Lei

Kun«, das Hotel »Zum fröhlichen Sterben« eingerichtet. Schon bald klopften die ersten Bewohner an, alte Mütterchen und Väterchen, die ihre letzte Stunde gekommen sahen und sie sprachen: »Bitte nehmt mich auf, denn ich möchte hinübergehen ins Reich des Tao.« Nun bleiben sie hier und warten. Ab und zu kommen Verwandte vorbei und schauen nach ihnen. Auch das Bedienungspersonal geht jeden Tag einmal von Bett zu Bett und betrachtet die »Todeskandidaten«.

So wird das Sterben fast zu einem fröhlichen Ereignis, mit einem heiteren Lächeln und der Hoffnung auf das bessere Jenseits im Gefilde des großen, allgütigen Tao.

Warum nicht glücklicher leben?

Bei fast allen Gesprächen, die ich in der letzten Zeit mit Einzelhändlern führte, klang teils sublim und teils drastisch ein Hauptproblem der Menschen unserer Tage an: Die Überforderung. Ein weiteres, das man bei Einzelhändlern immer wieder zu hören bekommt: »Mir stehen angesichts der vielen Arbeit die Haare zu Berge« oder »Ich habe einfach keine Zeit zum Ausspannen und zur Muse«. Diese bedrängenden Sorgen lähmen einen Menschen, engen seine Persönlichkeit ein und sind Hemmnis auf dem Wege zum größten Erfolg.

Nun begegnet man auch Menschen, deren Leben bis zum Hals voller tatsächlicher Sorgen ist und die doch so leben, als wären ihre Probleme überhaupt nicht vorhanden. Nun sei hier nicht von der spielerischen Sorglosigkeit und Wurstigkeit geredet, ich würde eher als Maxime das Sprichwort sehen; Sorgenlos sein ist ein Glück – sorglos sein ein Unglück. Sorgen entstehen immer dann, wenn man die Existenz von Gefahren bedroht sieht, wenn die Weiterentwicklung eingeengt ist und wenn der Boden, auf dem man das Geschäft aufgebaut hat, schlüpfrig wird.

Aber Sorgen fordern zum Widerstand auf, mobilisieren Kräfte und ungeahnte Energien, helfen neue Möglichkeiten zu entdecken und lassen neue Wege finden. Das Buch des Amerikaners Dale Carnegie »Sorge Dich nicht, lebe!«, das mit tröstlichem Optimismus zur Lebensmeisterung aufruft, kann für deutsche Leser nicht gerade das

Axiom und auch schon gar nicht Geheimrezept sein. Sorgenmeisterung wird immer eine individuelle, subjektive Problematik bleiben, weil die Befreiung von Sorgen bei jedem selbst beginnen muss. Bei den Problemen jedes einzelnen.

Die Weisheit des antiken Philosophen Epikur: »Es sind nicht die Dinge an sich, die uns Sorge bereiten, sondern unsere falsche Vorstellungen von den Dingen«, gilt auch für uns. Dieser Satz wird am Anfang stehen, denn er fordert uns zur Besinnung auf und er wird Ausgangspunkt sein, wenn wir unsere Sorgen neu überdenken. Vielleicht kommt dann eine neue Einstellung zu den Problemen und Sorgen heraus und vielleicht schwinden die Sorgen, weil sie überwunden wurden, nicht aus Sorglosigkeit, sondern aus Besinnung und Einsicht.

Gute Nacht

Als die fahle Dämmerung in das kleine Dorf am Fuße des Gebirges hereinbrach, schlüpfte ich in mein Bettchen. Es war ganz warm und weich und kuschelig. Ich fühlte mich behaglich und geborgen.

Da ich ein braver Junge war (so meine ich jedenfalls), setzte sich meine Mutter an die Bettkante, öffnete ein vielfarbiges Buch und las vom Tapferen Schneiderlein und den Sieben auf einen Streich, von Schneewittchen, das die böse Stiefmutter vergiften wollte, von Hänsel und Gretel, die sich im Wald verirrten, vor. Da war von Zwergnase die Rede, von dem Mädchen mit dem roten Käppchen, von König Drosselbart und dem großmäuligen Frosch, der in Wirklichkeit ein schöner Prinz war.

Die Heimat war schön, wenn die Mutter mit ihrer warmen, vertrauten Stimme erzählte. Gute Nacht, Junge, schlaf schön! Gute Nacht, Mutter, aber bitte, bitte vorher noch ein Märchen. Mutter ließ sich oft erweichen.

Nie werde ich die Stunden vergessen, als Mutter mir Märchen vorlas. Es ist aus dieser frühen Zeit etwas herübergekommen in die Tage des reifen Mannes. Das Herz der Mutter steht vor mir, niemals wieder habe ich es so tief empfunden, niemals habe ich meine Mutter so geliebt wie damals. Ja, das Märchenerzählen ist die innigste Erinnerung an meine Mutter.

Ich lauschte gespannt und blickte umher und es schien, dass die sonderbaren Gestalten aus dem Märchenbuch mit an meinem Bette saßen. Mutters Strenge verwandelte sich, wenn sie las. Sie war gelöst und entspannt. Ihr Tagwerk war vorbei. Nicht nur mir, sondern auch ihr machte das Märchenerzählen sichtbar Freude, und immer las sie mit einer sonderbaren Betonung am Ende: Und wenn sie nicht gestorben sind, so leben sie noch heute, Gebrüder Grimm. Dieses Gebrüder Grimm las sie ohne Absatz und besondere Betonung, vielleicht war sie schon müde geworden vom vielen Lesen, aber es klang immer wie ein feierliches Amen.

Das war meine erste Begegnung mit der Literatur.
Einmal war sie ganz müde geworden. Nach einer Operation ist sie nicht mehr erwacht. Mit einem Lächeln in der Art des ruhigen und zufriedenen Ausdrucks auf den Lippen lag sie im Sarg. Als wollte sie erzählen: Junge, es ist alles ganz leicht. Und da sie für mich nicht gestorben ist, lebt sie noch.

Eine weite Reise

Mir ist eine Reise eingefallen, eine Kunstreise, nicht in ein fernes Land, an einen sonnigen Ort, in ein südliches Paradies, sondern eine andere, eine wichtigere Reise.

Ich spreche von einer Reise durch den Tag.

Den Tagesablauf gut zu gestalten ist eine der größten Künste. Vor diesem Vorhaben aber stehen gewaltige Hindernisse, kräftige Gestalten, Riesen und Feuer speiende Drachen und Chimären, Hüter der Schwelle.

Diese heißen: die Verzettelung, das Aufschieben auf später, das nicht zu Ende bringen einer Sache, die Ablenkung, der Zweifel, die unerwarteten Besuche.

Immer wieder treten sie in den Tag, fordern ihr Recht, wollen uns beeinflussen, in Beschlag nehmen, die Pläne vernichten, die Ziele sabotieren, die Vorsätze zu Fall bringen.

Am Abend vor dem Einschlafen bei einer Gewissenserforschung werden sie uns besonders bewusst, machen die Tage schal und grau. O, du Tagesablauf, wie weit bist du von meinem wahren Innersten entfernt.

Manche haben diese Reise schon unzählige Male durchgeführt. Ich habe sie heute genau 18.180 beschritten. Ich komme auf diese Zahl, wenn ich meine Lebensjahre mit den Tagen des Jahres multipliziere.

Reise ins befreite Land

Sie rief mich an: ›Du endlich‹, sagte sie, ›haben wir unser Besitztum zurückbekommen, unser Schloss, den großen Garten, den Teich, unsere Fabrik. Helmut, könntest du die nächsten Tage mit nach Sachsen fahren?‹ ›Ja, gut‹, sagte ich, ›wir fahren‹. Das heißt: Ich musste fahren, die gnädige Frau hatte ja weder Führerschein noch Auto.

Meine Freundin, ich nannte sie einfach Rica, und ich, fuhren an einem Samstag in die neuen Bundesländer. Auf der Fahrt schon machte sie große Pläne, was sie alles tun und machen wolle. ›Jawohl, Frau Gräfin‹, sagte ich. Sie schien meine leichte Ironie nicht zu merken. ›Jawohl‹, sagte ich immer wieder.

Sie wurde von Kilometer zu Kilometer immer stolzer, immer erhabener. ›Weißt du, mein Onkel, Fürst zu Schleiz-Greiz, weißt du, meine Urgroßmutter, die italienische Prinzessin aus Venedig, weißt du, meine Tante, geborene von Windisch Grätz, und so ging es die ganze Fahrt.

Plötzlich kam ich an die Reihe: ›So geht es mit uns natürlich nicht mehr weiter. Unser geschlampertes Verhältnis: entweder wir heiraten – oder ...‹ › ...oder du steigst aus‹, sagte ich schnell.

Dann tat sie mir wieder Leid mit ihren Illusionen. Lass sie träumen, dachte ich. Sie lebt ja bescheiden in einer kleinen, alten Zweizimmerwohnung. Sie kommt mit ihrem Gehalt, das sie an der Uni verdient, nicht aus, hat

Probleme, überhaupt mit dem Leben zurechtzukommen, besonders mit ihrem Sohn, den sie abgöttisch liebt, und um den sie sich laufend sorgt. Gerade jetzt hatte er schon wieder mal sein Studium abgebrochen.

Da waren wir am Ziel unserer Reise. Ihr Bruder erwartete uns schon. Dort war das Haus, das Schloss ihrer Kindheit. Aber ein Schloss? Ja schon, aber kaputt und halb verfallen. Die Fenster waren eingeschlagen, die Türen vernagelt. Fünfzig Jahre Kommunismus hatten es kaputt gemacht. In einem Teil des ehemaligen Schlosses waren Kinder untergebracht, das Schloss war zu einem Kinderheim geworden.

Wir gingen zu dritt durch die Räume. Traurige Kinderaugen blickten uns an. ›Tante, Onkel‹, sagten einige zu uns, ›kannst du mit uns spielen?‹ ›Was soll mit diesen Kindern geschehen‹, sagte die Gräfin, ›wenn wir ... Wir können doch die Kinder nicht einfach wegbringen lassen. Wohin sollen sie denn?‹ ›Es sind Waisenkinder‹, sagte dann die Heimleiterin zu uns. Rica hatte plötzlich einige Kinder auf dem Schoss sitzen, unterhielt sich mit ihnen und spielte. ›Tante, Tante‹, riefen sie immer wieder. ›Ich zeig dir was, bleib hier. Tante, hast du uns was mitgebracht?‹ Ich ging mit ihrem Bruder allein durch den Garten und den Park. Alles ungepflegt, alles verwildert. ›Hier ist viel Arbeit notwendig‹, sagten wir. ›Ja, und viel, viel Geld‹. Nach einer Stunde kamen wir beide zurück. Wir gingen dann zu dritt in den anderen Flügel des Schlosses, gingen von Raum zu Raum. Da, plötzlich ein großer Raum, ein Saal fast, die Stuckdekorationen waren fast unbeschädigt, zwei Barocksäulen hatten die Wirren der Zeit überstanden. An den Wänden waren noch einige Fresken deutlich zu erkennen.

›Hier könnte man etwas machen‹, sagte ich, ›aber was? Eine Bibliothek einrichten, vielleicht.‹

Plötzlich rief Rica laut ›Wir bauen ein Theater, hier spielen wir Theater.‹ ›Ja, sagte der Bruder, ›das ist eine tolle Idee‹. Wir freuten uns alle drei und lachten. Eine Kinderschar war uns unbemerkt gefolgt und hatte offenbar unser Gespräch gehört. ›Ja‹, riefen sie alle laut. ›Theater, Theater, Kasperle-Theater, ja, bitte spielt uns Kasperle-Theater.‹ So hatten wir uns das natürlich nicht vorgestellt und schwiegen.

Auf der Heimfahrt sagte ich zu Rica: ›Du, das mit dem Theater ist keine schlechte Idee.‹ ›Und du schreibst ein Stück, ein großes Welttheater‹, sagte sie zu mir. Ich wurde ganz stolz, da sie mir das zutraute. Ja, sagte ich leichtsinnig. Denn: ich wusste nicht, wie verdammt schwer es ist, und welche Qualen man beim Schreiben erleidet.

Brief an einen Fastenden

Gestatte, dass ich Dir, mein lieber Helmut, heute einen Dankesbrief schreibe. Ich bin eine Deiner Fettzellen, eine große, dicke, schleimige Fettzelle. Keine ausgetrocknete, ärmliche, unterentwickelte Fettzeile.
Eine von der allerbesten Sorte. Genährt mit guter Butter, Schmalz und Schweinefleisch. In mir sind Reste von Austern, Gänseleber und Kaviar. Ich unterhalte ein großes Lager erlesener Kostbarkeiten.
Und, was das Beste ist, ich werde niemals abgeführt, brauche mich nicht durch die dunklen Kanäle des Dickdarms zum Ausgang quälen. Meine Lieblingsplätze sind Dein Bauch und die Hüften. Diese Nistplätze sind mein liebster Aufenthalt. Dort will ich noch lange leben.
Danke, Partner! Du bist mein lieber Prasser. Ich liebe Dich!

Deine Fettzelle

Tausend Jahre

Wir haben etwas erlebt was wir noch nie erlebt haben: Eine Jahrhundertwende.

Denn keiner von uns ist ja schon im Jahr 1900 auf der Welt gewesen.
Und wir erlebten etwas, was noch interessanter ist, wir erlebten eine Jahrtausendwende, denn keiner von ist ja schon vor 1000 Jahren schon da gewesen.

Und ich wage noch eine Prognose: Keiner von uns wird noch einmal eine Jahrhundert- oder eine Jahrtausendwende erleben. Ich meine dies natürlich im strengen biologischen Sinne und im Faktum unserer Zeitrechnung. Ich spreche also nicht von Wiedergeburt oder Reinkarnation, weder im christlichen noch im buddhistischen Sinne.
Dieser Wechsel von dem Datum 31.12.1999 zum 01.01.2000 ist ein bemerkenswertes Datum.

Ich habe eine persönliche Erinnerung: Ich war 7 oder 8 Jahre alt, hatte in der Volksschule die Zahlen gelernt, machte Hausaufgaben mit meiner Großmutter. Irgendwie sind wir auf die Zahl 2000 gekommen.
Wir haben gerechnet: Dann bist zu 62 Jahre alt und bald 63. Ich wird's nicht mehr erleben, aber du. Meine Großmutter war damals weit über 70, fast 80 Jahre alt.

Und nun wird diese Erinnerung der Kindheit Wirklichkeit. Wo ist die Zeit geblieben? Was ist meine Zeit?

Ohne Menschen gibt es keine Zeit, denn die Zeitrechnung ist eine menschliche Erfindung. Es ist nur ein Datum, der Jahreswechsel. Es ist ein Datum, das Menschen festgelegt haben, kein Datum der Natur. Es ist eine willkürliche Zahl, geschaffen von Anhängern eines Mannes, den man Jesus Christus nennt.

Bei der Jahrtausendwende hat die Menschheit das Jubiläum begangen: 2000 Jahre Christentum.
Jesus ist einer der berühmtesten Männer der Welt, er halt diese Welt grundlegend verändert und zwar bis heute. Das ist gar keine Frage.
Und das sehen wir auch an dieser Jahreszahl, die an seine Geburt in Bethlehem anknüpft.
Ich möchte nicht darüber spekulieren, ob das Jahr der Geburt stimmt und auch nicht darüber, ob das neue Jahrtausend am 1.1.2000 oder erst am 1.1.2001 beginnt. Und wir wissen natürlich auch, dass es andere Zeitrechnungen gibt. Aber wir im Abendland sind geprägt von unserer Zeitrechnung, in dieser Zeitrechnung, die sich auf Jesus bezieht.

Unsere Zeitrechnung hat also einen religiösen Bezug. Eine Religion erfindet quasi eine Zeit, drängt uns eine Zeit auf.
Wenn ich sage, ich bin geboren am 7. Febr. 1937 mache ich eine Aussage nicht nur über mich persönlich, sondern

zugleich eine Aussage in der Zeitenreihe, die sich auf die Geburt eines anderen, nämlich auf Jesus, bezieht.

Wenn wir heute im buddhistischen Kreis zusammen kommen, sind wir zwar nicht im Sinne des Herren Jesus Christus versammelt, aber wir haben dennoch mit dem heutigen Datum Bezug auf ihn genommen.
Keine Angst, es wird kein christlicher Vortrag.

Ein Datum, ein Kalender, die Zeit sind Ordnungsfaktoren, die wir brauchen, mit denen wir etwas strukturieren, etwas abteilen.

Nun ist mit einem so großen Abschnitt der Zeit der Jahrtausendwende nicht leicht umzugehen, es ist viel Hysterie, viel Aberglaube damit verbunden. Die Magie der runden Zahl lässt eine bestimmte Suggestion aus. Propheten des Weltunterganges treten auf. Prophezeiungen haben Hochkonjunktur.

Was sagen die Hellseher, was könnte das sein, ein neues Zeitalter?
Um Szenarien zu entwickeln, müssen wir in die Geschichte schauen.

Ich meine:
- Die Welt wird nicht untergehen. So oft haben sich Weltuntergangspropheten schon geirrt. Hätten diese Propheten Recht behalten, wären wir alle heute nicht hier.

- Zu einem radikalen Wechsel der Geschehnisse wird es wegen dieser Jahreszahl nicht kommen. Die Strukturen der Menschheit sind da und sie sind nicht so schnell veränderbar.
- Auch jeder Einzelne wird sich durch diese Zahl nicht so schnell und radikal ändern. Wir werden wieder im alten Trott bleiben, die alten Fehler machen oder das Eine oder Andere tun. Natürlich regt eine solche Jahreszahl neue Visionen, Utopien und zeigt Perspektiven auf, aber im Großen und Ganzen bleibt die Welt auch nach dieser Zahl beständig.
- Und wir müssen uns von dem Gedanken des Christentums befreien, der letztendlich ein jüdischer Gedanke ist, dass alles teleologisch, also linear verläuft.
- In den alten germanischen Religionen, im Hinduismus und bei den Maja, und wem sage ich das, im Buddhismus, finden wir die Vorstellung einer zyklischen Welt.
- So hat also für den Buddhisten die Zahl 1.1.2000 keine so große Bedeutung. Es kommt also auf unser Weltbild an, was wir bei dieser Zahl empfinden.

Erlauben Sie mir eine persönliche Erfahrung:

Ich habe früher viel gelesen und habe einige Bücher in Bücherschränken gesammelt und ich habe mich manchmal geärgert, wenn ich ein bestimmtes Buch gesucht und nicht gleich gefunden habe. Dann hatte ich die Idee:
Ich sortiere die Bücher nach dem Geburtsdatum der Verfasser.

Also 1. Buch Homer (800 vor unserer Zeitrechnung), dann Hesiod (ca. 70 vor unserer Zeitrechnung), dann Sappho (ca. 600 vor unserer Zeitrechnung).

Dann die großen Dramatiker, die Vorsokratiker, dann die großen Römer und dann die Geschichte des Mannes mit dem Kreuz, von dem ich vorher schon sprach.

Ich erinnere deshalb daran, weil ich meine, etwas zu kennen von der Zeit der Griechen und Römer vor 2500 Jahren und anderen Denkern noch vorher und dann durch die Evangelien ein Leben vor 2000 Jahren
Aber wenn ich daran denke, was war vor 1000 Jahren, finde ich nicht gleich einen Namen, weiß ich fast nichts von dieser Zeit.

1000 Jahre sind wie ein Tag und eine Nachtwache, heißt es im Evangelium.
Wie lange dauern 1000 Jahre und was geschah alles in den letzten 1000 Jahren?
Was wird mir deutlich? Was verstehe ich? An was erinnere ich mich?

Ich stelle fest, die jüdische Welt, die Welt der Griechen und Römer ist mir geläufiger, als das, was vor 1000 Jahren in Deutschland, oder besser im heutigen Europa geschah.

Also 1000 Jahre zu überblicken in einer einzigen Vortragsstunde – kurz oder lang – kann eine Stunde, ein Tag uns erscheinen, aber vielleicht wird unser aller Leben am Ende uns vorkommen wie eine Stunde.

Wir werden uns nicht an alles erinnern können, nicht an jedes Wort, nicht an jede Tat. Es sind nur Splitter, Fragmente, blitzartige Erhebungen aus dem großen Meer des Vergessens.
Wahrheiten und Täuschungen werden sich abwechseln. So ist das in unserer Lebensgeschichte und in der Geschichte eines Jahrtausends.

Das Geschichtsgedächtnis ist ein Gedächtnis der Namen und Daten.
So wie wir uns an Eltern, Großeltern, an unsere ersten Lehrer erinnern können oder an den ersten Kuss, an Freunde und Freundinnen, an berufliche Erlebnisse usw. So ist es auch in der großen Weltgeschichte.

Freilich: Dort können Namen und Daten manipuliert werden, unterdrückt, verfälscht oder von Mächtigen beeinflusst werden.
Die Namen und Daten, die wir kennen, sind oft solche, die von den Herrschenden zugelassen wurden. Die Urkunden, die wir aus der Zeit vor 1000 Jahren haben, sind spärlich. Vieles dürfte verschollen sein oder ist vernichtet worden.

Sowie vor Jahren Stasiakten von der Stasi durch den Reißwolf vernichtet wurden, war es früher auch.

Was mag alles durch die Feuer der Inquisition, aber auch durch Kriege vernichtet worden sein?

Vieles wird auch aus Platzgründen, aus Unachtsamkeit oder weil man es nicht für wertvoll hielt, nicht mehr da sein.

Auch in jeder öffentlichen Bibliothek (was nicht allgemein bekannt ist) werden nach gewissen Jahren die Buch- und Zeitschriftenbestände durchgeschaut und aussortiert.

So erinnere ich mich daran: Ich habe in der Nürnberger Bibliothek am Egidienberg nach ca. 20 Jahren eine Ausgabe der Bunten Illustrierten wieder finden wollen und da hieß es: »Der Jahrgang wurde aussortiert, die Aufbewahrungsdauer ist abgelaufen.«

So wird alles, was wir haben, besitzen, jedes Buch, jedes Möbelstück, jeder Anzug, jedes Taschentuch, einmal als nicht aufbewahrungsfähig deklariert werden.

Etwas an dem wir hängen mit Leib und Seele, wird einmal unwichtig sein für die Nachkommen.

Vielleicht gibt es Sammler, die etwas bewahren, ein Museum, das das eine oder andere Stück aus unserem Besitz als ausstellungswert betrachtet und als Antiquität schätzt. Das alles muss uns klar sein, wenn wir am Ende eines Jahrtausends wandeln und in den tiefen Brunnen der Jahrhunderte hinein schauen.

Nehmen wir ein kleines Dorf, vielleicht unseren Heimatort, was ist nicht allein in einer Gemeinde, von sagen wir mal 500 Einwohnern, nicht alles geschehen. Sicher, vor 1000 Jahren, war dieser Ort noch nicht urkundlich erwähnt, aber immerhin Urkunde hin oder her, etwas bestand schon.

Der Name mag sich mehrfach geändert haben, die Besitzverhältnisse, Familien sind hin oder fortgezogen, ihre Namen sind uns unbekannt, standesamtliche Eintragungen oder kirchliche Eintragungen gab es vor 1000 Jahren noch nicht.

Wir können eine vollkommene Chronik dieses Dorfes nicht schreiben, wir haben zu wenig Unterlagen, ein nur unvollständiges Wissen.
Wir können nicht mehr heraus bekommen, wer in diesem Dorf z. B. 1499 gestorben ist, weil wir keine Aufzeichnungen haben.

1000 Jahre, das sind 33 Generationen. Wenn man eine Generation mit 30 Jahren ansieht.
So viel ist das auch wieder nicht, 33 Mal.
Wir leben ja schon 2 Generationen oder 2,5 (die Jüngeren unter uns mögen mir das verzeihen). Also sind wir nur 31 Generationen vor ihnen.

Wir werden durch eine Betrachtung wie diese an die Vergänglichkeit alles Irdischen erinnert, an den Tod und an den Wandel alles Seins, an die Nichtigkeit der Menschen. Vor 1000 Jahren wurden die Menschen an das Jenseits erinnert. Wir bilden uns heute ein, vernünftiger, rationaler zu sein, die Angst vor der Apokalypse haben wir nicht mehr, eher die Furcht vor dem Stillstand der Computer.

Vor 1000 Jahren hatten die Menschen Angst vor dem Weltuntergang oder vor dem Ausbrechen des Weltgerichts. Das berichtet uns jedenfalls die Mediärvstik, die Wissenschaft von der Geschichte des Mittelalters.

Wer Kaiser war von 1000 Jahren ist uns natürlich überliefert. Wissen wir es, ohne im Brockhaus nachzuschauen?
Otto der Dritte war es, Kaiser seit 996. 1002 gestorben. Nur 22 Jahre alt.
Aus welchem Herrschergeschlecht?
Aus der sächsischen Dynastie der Lindolfinger auch Ottonen.
Das altsächsische Adelsgeschlecht, die mit Graf Lindolf, gestorben 866, eine führende Stellung in Ostsachsen und später die sächsische Herzogswürde erlangte und im Heiligen Römischen Reich 4 Kaiser stellten.
Ihre Nachfolger auf dem Kaiserthron waren die Salier.

Wir warfen einen Blick auf die erste Jahrtausendwende.

Namen, die uns heute geläufig sind und die jedes Kind kennt, sind in der Jahrtausendwende nur schwer aufzufinden.
Die Namen in späterer Zeit wurden lebendiger und greifbarer.
1000 Jahre können wir nicht überblicken, wir müssen die

Jahrhunderte einteilen und dann Ordnungsgefüge hinein bringen.
Wie könnte eine solche Ordnung aussehen?

Die ersten 650 Jahre Vorherrschaft der Feudalgesellschaft, Kirche und Adel.
1650 Todesjahr von Rene Descartes, damit Beginn der Neuzeit, Aufklärung.
Dann 200 Jahre später Französische Revolution, 1850 ca.
Gründerzeit, Industrialisierung, Eisenbahn, Zeitalter des Bürgertums, Nationalstaaten.

Danach Kriege – erster und zweiter Weltkrieg.
Nach dem ersten Weltkrieg Abschaffung des Adels als herrschende Klasse und immer weiterer Fortschritt der bürgerlichen Gesellschaft.

Von der Französischen Revolution 1789-1918, also 129 Jahre, dauerte die Brechung der Adelsgesellschaft, in ca. 4 Generationen.
Heute gehen Wandlungen schneller vonstatten.
Wenn wir von der Gründerzeit ausgehen 1850 und 100 Jahr hinzurechnen, sind wir im Jahr 1950. Damit dauerte die Zeit ca. 100 Jahre.

Ich gehe davon aus, dass nach dem 2. Weltkrieg es zu einem Neuanfang kam, neue Firmen entstanden, das so genannte Wirtschaftswunder.
Die großen Firmen, die bis heute bestehen, hatten sich etabliert.

Zu den alten Namen aus dem vorigen Jahrhundert, z. B. Siemens, Krupp, Bosch usw. kamen neue hinzu. Z. B. Grundig, Quelle, nur um 2 Namen aus dem hiesigen Raum zu nennen.

Und auch hier sehen wir jetzt schon bei beiden Firmen große Veränderungen.

Was ist in den letzten 50 Jahren geschehen?

1950-1975 z. B. Stichworte: 68-er Bewegung, Emanzipation der Frau usw.

Und heute Zeitalter des PC's, der Telekommunikation, Internet, Ausbreitung der privaten Rundfunkprogramme, immer mehr private Fernsehprogramme.

Aber auch immer mehr Staatsverschuldungen, Globalisierung der Wirtschaft, d. h. Zusammenschluss zu großen internationalen Konzernen.

Aber auch nach 70 Jahren Zusammenbruch des kommunistischen Systems (1918-1988/89) und Deutsche Einheit.

Wo stehen wir heute?

Auf der einen Seite Zusammenschluss zu größeren Einheiten, Europa, Euro, Globalisierung. Auf der anderen Seite Auseinanderbrechen, besonders im Osten und Südosten. Auseinanderbrechen in Nationalstaaten.

Wir sehen, aus all diesem. Es fällt uns schwer die heutige Zeit zu überblicken.

Das Weltgeschehen am Anfang des neuen Jahrtausends Was wollen die Menschen der Welt? Freiheit, Menschen-

rechte, Bewahrung ihrer Würde und ihres Eigentums.
Davon ist auch das neue Jahrtausend so weit entfernt.

Ich zitiere einen Leserbrief aus der Neuen Züricher Zeitung von W. Bühlmann, Küsnacht:
»Die USA spielen sich als Weltmacht auf und wollen andere Staaten belehren. Die Vorkommnisse der letzten Zeit müssten auch den größten Amerika-Begeisterten gezeigt haben, dass das Gerede über Freiheit und Menschenrechte, inklusive des viel gepriesenen Amerika way of live reiner Bluff ist.«

Das vergangene Jahrhundert war ein Jahrhundert dicht aufeinander folgender Katastrophen.
Dafür sprechen die beiden Weltkriege, die auch deutsche Kriege gewesen sind. Diese Weltkriege führten auch dazu, dass Amerika aus seiner Isolation aufgebrochen ist und sich nach Europa, aber auch nach Asien ausbreitete.

Während Europa für die ersten 50 Jahre steht, repräsentiert Amerika die zweite Hälfte des Jahrhunderts. Einfacher ausgedrückt: Amerika konnte nur aufsteigen durch das Versagen Europas und den Abwurf der Atombombe.

Zwei Heilslehren des 20. Jahrhunderts: der Kommunismus 70 Jahre lang und die zweite Heilslehre der Faschismus und Nationalsozialismus von 1933 – 1945, nur 2 Jahre lang und die dritte Heilslehre hält noch an, der antiwestliche modernitätsfeindliche Fundamentalismus des Islam.

Weder der Kommunismus war religiös fundiert, ja ein Gegner jeder Religion.

Auch der Faschismus war religiös fundiert, ein Gegner der Religion, besonders des Judentums.

Aber der islamische Fundamentalismus ist religiös fundiert. Und wir kennen aus der Geschichte: Religiöse Heilslehren haben eine lange Lebensdauer.

Und wir wissen aus der Geschichte: Es hat noch nie einen Garten Eden gegeben, immer einen Kampf ums Dasein.

Was vor 1000 Jahren selbst den intelligentesten Menschen noch ein Rätsel war, ist uns heute selbstverständlich und schon für einen Jungen, sagen wir mal von
7 Jahren, glasklar.

Ob die Menschen damals glücklicher waren, als wir heute mit einem Kopf voller Wissen, das wissen wir nicht.

Wie dem auch sei, soll dies uns nicht daran hindern, dass der größte Teil der Weltbevölkerung das neue Jahrtausend feiert und ihm zuprostet.

Sagen wir einfach zu jedem Neuen Jahr. ... Prost.

Einladung zum Mittagessen

Nach der Begrüßung an der Tür wurde uns gesagt:
»Freunde, zieht bitte Eure Schuhe aus, und denkt daran, im Haus nicht zu rauchen!«
Zum Essen band man uns ein großes Lätzchen um, damit wir uns nicht bekleckerten.
Es war eine sehr vornehme Familie.
Die aufgetragenen Speisen waren nicht reichhaltig.
Wir wurden keine satten Gäste.

Nach dem Essen wurde ein Dobermann, der große, schwarze Hund der Familie, ins Esszimmer gelassen.
Er legte seine Pfoten auf die Tischkante.
Die Hausfrau reichte ihm die Teller.
Seine Zunge leckte alle Speisereste ab.
Wie gesagt: Eine sehr vornehme Familie.

Eine spätere Einladung haben wir nicht mehr angenommen.

Endstation ohne Sehnsucht

Auf dem althistorischen Rochus-Friedhof in Nürnberg, dem ältesten Friedhof der Stadt, mit seinen typischen Liegesteinen steht das Grab bereit, das einmal meine Gebeine aufnehmen wird. Schon trägt der Sandstein eine Bronzeplatte mit der Aufschrift Familie Preußler. Ob hier einmal eine besondere Tafel zum Gedenken an Helmut Preußler angebracht sein wird? Schon steht ein Rosenstock hinter dem Stein. Wird er noch da sein, wenn ich darunter liege? Es ist ein eigenartiges Gefühl, jetzt schon ein Grab zu haben, so wenige Meter neben dem damaligen Büro und den langjährigen Wohnräumen. Auf einem so ehrwürdigen Friedhof, auf dem viele bedeutende Männer liegen. Und in das Grab der Mutter zu kommen, um in der mütterlichen Erde dann eins mit ihr zu sein. Was die Mutter ersehnte und ihr der Sohn im Leben nicht zu geben vermochte, jene Gleichheit und Anhänglichkeit, wird erfüllt: Im Reich der Toten.

Ja, ich kann heute meinem Sohn ebenfalls ein Grab zeigen.

Er hatte mich ins Vertrauen gezogen und ein Geheimnis verraten, mich eingeweiht in ein Mysterium, das vom Leben und Sterben, das ich freilich damals noch nicht verstand. Heute weiß ich zu würdigen, dass Großvater, dieser an sich wortkarge Mann, mir seine Seele offenbarte.

Und ich denke plötzlich an den Großvater.

Wir haben auf dem Friedhof schon ein Grab bestellt auf unseren Namen. Wenn wir mal am Friedhof vorbeikommen, werde ich es dir zeigen. Ich konnte nicht so recht daran glauben, denn Großväter leben ja bekanntlich für Kinder ewig.

Einige Wochen später.
Großvater und ich gingen zu einem Nachbarhaus. Vor dem Haus stand ein Leichenwagen, vier Pferde mit schwarzen Umhängen davor gespannt und viele Hunderte Bewohner des Dorfes waren da.
Eine alte Nachbarin, so etwa im selben Alter des Großvaters war gestorben. Die Toten wurden zuhause aufgebahrt, und so stand der offene Sarg mit der Alten leicht erhöht, so dass man das Gesicht sehen konnte, im Zimmer des Nachbarhauses.
Auf jeder Seite des Sarges flammten große Kerzen. Die Leute gingen am offenen Sarg vorbei, die Tote hatte in ihren fahlgrauen Händen ihr Sterbekreuz. Jetzt wusste ich, was der Großvater gemeint hatte. Wir gingen am Sarg vorbei, ganz nah, denn es war eng im kleinen Zimmer.
Mir wurde unheimlich, mach‹ ein Kreuzzeichen über der Verstorbenen, ermahnte mich der Großvater. Ich tat es ganz schnell und wollte hinaus, nur schnell am Sarg vorbei. Großvater blieb stehen, machte ebenfalls ein Kreuzzeichen, und – fasste die Tote an, streichelte ihre Wangen uns sagte: Maria, schlaf‹ recht schön.
Draußen angekommen, wollte mich der Großvater an der Hand fassen und mit mir zum Friedhof gehen – ich aber entzog ihm meine Hand rannte vor ihm her, ich wollte

die Hand nicht anfassen, mit der er die Tote vorher gestreichelt hatte.

Ich wich ihm aus, rannte und rannte. Es war zu viel für meine Kinderaugen. Ich hatte im niedrigen, kerzenverrußten Zimmer des Nachbarhauses zum ersten Mal in meinem Leben eine Tote gesehen. Jahrzehnte später hatte ich einen Traum:

Es war ein sehr plastischer Traum. Mit den inneren Augen sah ich ganz klar und deutlich meinen Großvater. Er stand da in einer Gruppe von Menschen, die mir nicht mehr erinnerlich sind. Ich habe nur Großvater ganz genau angesehen, ihn studiert, jede Pore seines Gesichtes beobachtet, es war eine ruhige, stille Betrachtung.

Großvater stand vor mir, sein Gesicht war seitlich gewendet. Ich stand vor ihm, wir sprachen nicht miteinander. Kein Laut, kein Wort fiel. Es ist nichts passiert im diesen Traum, keine Handlung, nichts ist geschehen. Eigentlich war ich enttäuscht von diesem Traum. Nach dem Abend vorher hätte ich einen besseren Traum verdient. Das Fernsehen war stundenlang gelaufen, da war Leben, Spannung, Gefahr gewesen, da waren Könige aufgetreten, Ritter und Helden, war gefochten worden um schöne Frauen, da war man mit blitzenden Autos über glatte Pisten gerast, da hatte man Siege errungen und böse Feinde bezwungen. Und danach dieser Traum, in dem nichts passierte.

Der Großvater lebte in einer anderen Welt und in einer anderen Zeit. Da gab es kein Fernsehen; er ging beim Sonnenuntergang schlafen und stand mit dem ersten Hahnenschrei auf. Er lebte in Einklang mit der Natur. Seine Nerven waren nicht wie die meinen, stressbeladen, überfordert und angsterfüllt. Er war ruhig und gelassen und hatte immer einen leisen Humor in allen Lebenslagen. Großvater lebte nicht nur mit der Natur – er lebte wie die Natur. Die Sprache der Natur war ihm kein Geheimnis. Er verstand das leise, unmerkliche Wechselspiel. Diese Ruhe fehlt mir, diese Gelassenheit.

Großvater war mein Vorbild in Kindheitstagen, jetzt im reifen Mannesalter wird mir durch ein Traumgesicht klar, wie entfremdet ich bin, dass ich vergessen habe, aus der frühen Quelle zu trinken; falsche Götzen haben es mir angetan. Das Vorbild wurde verschleiert. Durch diesen Traum ist viel passiert.

Und ich denke plötzlich an den Großvater, wie wissend er war, als er mir sein Sterbekreuz zeigte, das er für sich und die Großmutter vor Jahren bei einer Wallfahrt gekauft hatte. Dieses Kreuz, sagte er, würde er in den Händen halten, wenn er den letzten Gang, den wir alle gehen müssen, antreten werde.

Die Begräbnisstelle des Großvaters liegt einige hundert Kilometer weit von hier, lange Zeit getrennt durch einen eisernen Vorhang, vielleicht ist es auch schon aufgelassen. Wo sind seine Gebeine? Wo ist seine Seele? Wohin seine Güte? Haben seine alten, knochigen Hände tatsächlich das Sterbekreuz der Heimat gehalten als man ihn in den Sarg bettete? Ich weiß es nicht.

Nur Erinnerung an ihn ist da und die Treue über Raum und Zeit hinweg. Nie hört diese Treue auf, sie ist verschwistert mit der Stimme des Blutes. Großvater hatte die Wege gewusst, wie sein verewigter Vater und Vorvater, die den Weg vor Ihm gegangen.

Ich spüre das bittere Geheimnis des Weges, den wir alle gehen müssen.

Großvater ging seinen Weg nicht umsonst.

Jahre später. Ich fahre nach Crimmitschau in Sachsen. Auf dem Friedhof finde ich kein Grab und keinen Grabstein mit seinem Namen. Nur das Gräberfeld, den Ort, wo er in etwa begraben wurde, konnte mir am Allerheiligentage 1989 die Friedhofsverwalterin zeigen. Und das Totenbuch konnte ich einsehen, in dem sein Name und das Sterbedatum in schon verblassender Schrift verzeichnet waren.

Als ich durch das Friedhofstor hinausging, bemerkte ich, dass der Abend hereingebrochen ist und im Land es dunkel wird.

Ein Blick in das neue Jahrtausend

Wenn wir die wissenschaftliche und technische Entwicklung der letzten einhundert Jahre betrachten, dann stellt sich uns an der beginnenden Jahrtausendwende die Frage, wohin bringt uns der wissenschaftliche und technische Fortschritt. Ist dieser Fortschritt weiter steigerungsfähig, und wenn ja:
in welchem Tempo oder ist jetzt ein Aufhören das dringende Gebot?
Der bisher erzielte wissenschaftliche und technische Fortschritt ist das Resultat einer konsequenten menschlichen Entwicklung in Kreativität, Technologie und Phantasie. Daher ist sie irreversibel, also nicht umkehrbar.
Denn wenn wir die Entwicklung umkehren wollten, würden wir auch die menschliche Kreativität und Erfindungsgabe beschneiden.
Nun war es ja gerade die Erfindungsgabe, die aus dem Zustand eines mangelnden Paradieses, oder weil es das Paradies überhaupt nicht gab, durch Beobachtung zur Verbesserung der Technik beigetragen hat.
Das hat zur Folge, dass wir eine Rückkehr nicht mit weniger Technik begegnen können sondern an sich mit mehr Technik, mit einer konsequenten Entwicklung von Technik, quasi einer Entwicklung zu einer noch besseren und perfekteren Technik hin.

Die Technik ist nicht irreversibel, aber das Nachdenken über die Technik, die Wertung der Technik, die Wertung des Fortschrittes ist durchaus einer neuen, künftigen Betrachtungsweise zugänglich.

Es wäre sehr merkwürdig, gerade heute an ein abruptes Ende der Möglichkeiten der Evolution denken. Daraus folgt schon die Notwendigkeit zur Offenheit hin, sich aktiv zu verhalten, um die Evolution des Menschen in Wechselwirkung mit den Fähigkeiten seines Gehirns in Gang zu halten.

Es kann also nicht zu einem ›großen Zurück‹ gehen, sondern es muss zu einem ›weiter‹ gehen.

Aber so, wie heute in der modernen Kunst, die zerrissen, desillusioniert und bruchstückhaft arbeitet und demzufolge die Kunst unserer Zeit, die Zerrissenheit des heutigen Menschen darstellt, wie es zwischen der Schönheit einer klassischen Kunst und der Zerrissenheit der modernen Kunst kommt, so kann es auch zur Schönheit einer vergangenen Welt kommen und der Zerrissenheit einer modernen technischen Welt.

Beide sind wahrscheinlich in einem Wechselspiel von These, Antithese und Synthese zu verstehen.

Die Frage ist natürlich, woher ein neues Menschenbild kommen kann.

Die traditionellen Methoden der Literatur, Kunst und Philosophie reichen wahrscheinlich nicht mehr aus.

Kommt das Vokabular der Zukunft nicht aus dem Computer, der gefüttert wird mit Erkenntnissen der Evolutionsbiologie, der Hirnforschung und anderer – kommt es immer mehr zu einem digitalen Planeten?

Üb' immer Treu und Redlichkeit

Seit meiner frühen Kindheit bin ich viele Wege gegangen: gerade Wege, gekrümmte Wege, im Nichts endende Wege. Auf den Wegen ist mir manches Geheimnis klar geworden, manches Problem konnte ich überdenken, manche Freude schöpfen und Entspannung finden. Ja, Wege können zur Besinnung und Einkehr anhalten. Im Dahinschreiten oder Stehenbleiben kann man beobachten, betrachten und sinnieren. So war es auch auf dem Weg, auf dem ich mit dem Großvater gegangen bin.

Er führte uns aus dem Dorf hinaus zu einem Dorfteil, in dem einige kleine Häuser standen, die Vogelhäuser genannt wurden. Dorthin ging ich mit Großvater, denn er war in diesen Vogelhäusern geboren und er besuchte seine dort lebende Schwester und seinen Bruder Johann. Die beiden waren schon sehr alt und lebten dort im Gleichmaß ihrer Tage. Auf dem Weg zu diesen Häusern kamen wir an einem Marterl vorbei.

Großvater blieb stehen und dann entzifferte er mir – ich konnte ja noch nicht lesen – ich war 5 Jahre – unter feierlichem Ernst, die dort angebrachte Tafel, auf der stand: »Üb' immer Treu und Redlichkeit bis an das kühle Grab und weiche keinen Finger breit von Gottes Wegen ab.« Die große Wichtigkeit in seiner Stimme verrät mir heute, wenn ich daran denke, dass Großvater nach diesem Spruch lebte. Die Tafel auf dem Feldweg war ihm Wegweiser geworden. Andere, die diesen Spruch auch gelesen haben, haben ihn nicht so beherzigt wie mein Großvater. In der Garnisonskirche von Potsdam konnten wir ihn lesen, auch 1933, als Hindenburg die Macht in die Hände Adolf Hitlers gab. »Üb‹ immer Treu und Redlichkeit« – ein deutscher Spruch.

Die Führer der Mächte geben die Parolen für das Volk aus, setzen aber keine Maßstäbe für sich selber. Mein Großvater hat dieses »Üb' immer Treu und Redlichkeit« beherzigt.

Nürnberger Frühzeit

Wenn ich an Nürnberg denke, erinnere ich mich gerne an die Zeit, die ich in der Wirtschaftshochschule in der Findelgasse als Gasthörer erlebt habe. Genau in der historischen Altstadt, an der Pegnitz, lag das Schulgebäude. Die Schule hatte einen ausgezeichneten Ruf, hatte doch der Vater des deutschen Wirtschaftswunders, Ludwig Erhardt, an ihr studiert.

Viele Absolventen bekamen später bedeutende Stellungen in Wirtschaft und Politik der Wirtschaftsrepublik. Es war die Zeit vor den Studentenunruhen des Jahres 1968, in der ich in der Findelgasse weilte. Die Überschaubarkeit, der Kontakt mit den Wissenschaftlern, die Bescheidenheit und die Leistungsbereitschaft und Zielgerichtetheit der Studenten beeindruckt mich. Hier war ein liberaler Geist spürbar und eine Aufbruchsstimmung.

Wenn ich an einige Professoren denke, so fallen mir besonders die Namen Professor Bergler ein, der damals schon über Marketing sprach. Oder Professor Meier, der über Zeitungswissenschaften lehrte. Auch manche Widersprüche freilich, die ich dann später als praktischer Unternehmer erkannte, wurden hier gelehrt. Z.B. die Betriebswirtschaftslehre von Professor Schäfer. Später hatte man den Eindruck, dass manche Professoren noch nie eine praktische Arbeit gemacht hatten. Aber sehr viel Praxis war dennoch in Nürnberg vorhanden. Auch die Gesellschaft für Konsumforschung, das größte Unternehmen Europas für Marktforschung ist von Professoren der Nürnberger Hochschule gegründet worden.

Später freilich, als die Nürnberger Hochschule zur sechsten Fakultät der Friedrich Alexander-Universität Erlangen-Nürnberg eingegliedert wurde, und zu einem neuen Standort kam, hatte ich keine Kontakte mehr zu ihr.

Zu sehr war ich auch mit praktischer Arbeit beschäftigt. Einige Freundschaften aus dieser Zeit sind mir geblieben und eine gute Erinnerung, die ich in meiner Nürnberger Frühzeit, wie ich die Jahre des Suchens bezeichne, geblieben sind.

Hinter tausend Stäben seine Welt

Wenn ich als ein Tier geboren wäre, wäre ich vielleicht ein Affe, ein Affe in einem Käfig geworden. Kein freilaufender Affe irgendwo in Afrika, nicht in der Weite der Landschaft, sondern ich säße vor den Gittern meines Zoostalles. Von dort sähe ich die Welt. In Unfreiheit und Abhängigkeit würde ich dort leben.

Würde ich dort leben? Ja, wieso würde? Lebe ich denn nicht genauso als Mensch in Abhängigkeit und Unfreiheit? Gibt es einen großen Unterschied zwischen einem Zoo-Affen und dem Helmut-Affen? Vielleicht ist der Affe sogar besser dran als ich. Ist er abhängig?

Der Affe bekommt sein Futter regelmäßig ohne Anstrengung und Arbeit. Ich dagegen muss es mir durch Arbeit erkämpfen, muss von meinen Erlösen noch einen größeren Teil als ich überhaupt behalten darf, nämlich, zwei Drittel, abgeben an eine Stelle: an einen Menschenaffen-Zirkus.

Über den Affen freuen sich die Menschen. Sie bestaunen ihn, wenn er seine Streiche und Späße vollführt. Er bekommt immer Beifall: nur für seine Verrenkungen und Spiele. Für mich dagegen ist Beifall ein karger Lohn. Und doch bin ich vom Beifall und von der Anerkennung abhängig. Ich stelle mir die Frage meiner Wirkung. Der Affe hat sie automatisch.

Ich bin nicht nur abhängig vom Urteil anderer, sondern bin auch unfrei. Ich bin auch abhängig, ob ich einen Parkplatz im Gewühl der Stadt bekomme. Davon, ob das Geld stabil bleibt oder inflationär verringert wird. Ich bin abhängig davon, ob Du oder Du oder Du mich anlächelst oder nicht. Ich bin gierig nach Deinem freundlichen Wort und Deinem Lob. Ich bin abhängig von einer leeren Autobahn, bin unfrei, wenn ich im Stau stehe und verärgert. Bin abhängig ob ich Theaterkarten bekomme und auch noch, ob es die passenden Plätze sind? Bin abhängig, ob es auf der Straße lärmt und der Lärm ins Zimmer dringt oder nicht?

Der Affe im Zoo – ist er nicht glücklicher trotz seinen Stäben im Käfig, trotz diesen Wänden?

Was ist mit meiner Wand, wo bin ich eingesperrt?

Ich sehe die Wand, die immer näher kommt, die Wand des Todes. Ich sehe die Wand, wie sie schließt, wenn die Eisentür im engen Aufzug sich zumacht. Ich kann dann nicht mehr ohne weiteres heraus, wenn der Aufzug mitten auf der Strecke stehen bleibt. Ich sehe die Wand der Flugzeugtür, wenn sie sich schließt und ein eisiger Käfig wird. Und noch viele andere Wände sehe ich. Ich sehe die Wand zwischen den Menschen, die Mauern und Wände, die oft unübersteigbar hoch sind, um hinüber zu gelangen. Ich sehe die Panzerung in ihren Gesichtern und in ihrer Körpersprache.

Ich sehe aber auch die Panzerung meines Herzens, meine aufgebauten Mauern, meine Verweigerungen.

Wand – was heißt das? In dem Wort Wandlung steckt die Silbe Wand. Bin ich zur Wandlung bereit? Wenn ja: wohin bereit? Welche Schritte der Wandlung muss ich einleiten?

Zunächst die Wandlung meines Denkens. Danach die Wandlung meiner Gefühle. Ich muss das Denken meiner Wände, das Denken meiner Hindernisse überwinden. Wandlung – heißt das nicht in eine andere Richtung gehen, das Lineare als Hauptursache überwinden, das Duale als Hauptursache überwinden? Dies sind Denkprozesse, die sich zwar als falsch erwiesen, die ich als falsch erkannt habe, aber in denen ich immer noch lebe. Dieses Denken gebührt radikal verändert. Dann sind auch meine Abhängigkeit und meine Unfreiheit ein Stück gewichen.

Ja, richtig: der Affe im Zoo. Bin ich nicht schlimmer dran als er, mit meiner Sorge, meiner Angst? Solange ich nicht zur Wandlung bereit bin, sehe ich die Stäbe und – wie Rilke es sagt ›Hinter tausend Stäben keine Welt‹.
Nicht umsonst gibt es die Spezies der Menschenaffen, Wesen zwischen Affen und Mensch. Ein Wesen, das nicht mehr Affe ist aber auch noch nicht Mensch. Gehöre ich manchmal nicht dazu?

Am Anfang

Zwei Brüder betraten die Welt. Woher sie kamen, wusste niemand.

Ihre Geburt ist in ewiges Dunkel gehüllt.

Sie lebten lange Zeit friedlich zusammen, bis eines Tages der eine Bruder die Herrschaft über den anderen anstrebte.

Im Laufe der Zeit hatten beide Brüder eine große Anhängerschaft um sich versammelt.

Die wenigsten Parteigänger blieben neutral.

Die einen schlugen sich auf die eine, die anderen zog es auf die andere Seite. So kam es zu einem lang anhaltenden Kampf zwischen den einst Friedlichen.

Dieser Streit hatte eine große Bedeutung.

Der eine Bruder heißt Gott und der andere Luzifer.

Nach langen Jahren des Streites kamen sie überein, die Welt aufzuteilen.

Gott wurde dem Leben zugeordnet und Luzifer dem Tod.

So kam Leben und Sterben in die Welt.

Gott schuf die Menschen, die sich prächtig entwickelten. Er nannte sie sein Ebenbild.

Luzifer erschrak. So viele Zeugen Gottes? Da erfand er den Tod, der die Menschen hinweg raffte.

In der Früh

Ich bin ein Mensch, der seit seiner Kindheit aus dem Staunen nicht herauskommt. Mein erstes Lebenszeichen, an das ich mich erinnere, war das Staunen über den Sternenhimmel.

Der Wintersternenhimmel, der über den Bergen meiner Kindheit stand, hält mich nach über einem halben Jahrhundert mit fast hypnotischer Kraft in seinem Bann, ein Anblick der mich bis heute die Wunder der Welt bestaunen lässt.

Ich saß im Schlitten, der von Vater und Mutter gezogen wurde, war warm eingepackt und blickte hinauf: Oh, diese Pracht. Dann schien mir, als stürzte die Milchstraße zu mir herunter, eine ungeheure, unbekannte Angst trat plötzlich in meine Kinderseele.

Was ist das? Was wird dahinter sein? Dahinter! Dahinter?
Dieses Bild ist das erste Erlebnis, an das ich mich erinnern kann aber bald vergessen habe. Es hatte eine tiefere Bedeutung und mich oft auf dem Lebensweg begleitet.

Einige Zeit später: Ich war im Zimmer bei meinen Großeltern. Ich blätterte in einem großen, dicken Buch, legte ein Seidenpapier zur Seite und darunter sah ich ein Bild. Ich betrachtete es und erschrak. »Großmutter, was ist das?« »Sieh dieses Fallen.« Dann sagte Großmutter: »Das ist nichts für dich« und nahm das Buch schnell weg.

Großmutter: »Ich habe Angst, das Bild ist schrecklich«. Damals wusste ich nicht, dass ein Bild oft am Anfang alles Denken steht und wir dadurch gefangen gehalten werden. Oft habe ich viele ähnliche Bilder gefunden, bin aber immer noch auf der Suche nach einem Bild.

Techniken der Wahrsagekunst

Man legt Karten, geht mit der Wünschelrute umher, befühlt einen kontaktstiftenden Gegenstand, studiert den Kaffeesatz, schreibt automatisch nach dem Diktat eines Unbekannten.

Man liest aus der Hand, man vergleicht damit das Liniengeflecht der Hand mit den planetarischen Straßen.

Das alles sind Stützen für den Hellseher, Hilfsmittel oder Notbehelfe, die es ihm ermöglichen, Kontakt zu einer Person aufzunehmen.

Die Hilfsmittel dienen oft nur dazu, die Aufmerksamkeit des Besuchers darauf zu lenken.

Währenddessen besteht die Wahrsagekunst darin, dass man das Gesicht studiert, das sonst vielleicht einen falschen Ausdruck zeigt.

Allein wie eine Person in einen Raum hinein kommt, wie sie schreitet, welchen Klang die Stimme hat, wie die Entfernung zwischen den Augen, die Form der Stirn usw. ist, daran kann der Wahrsager schon vieles erkennen.

Es kommt die Hilflosigkeit der Menschen hinzu, die zu einem Wahrsager kommen.

Aber auch die Neugierde, die er hat: er wünscht etwas über eine neue Lebenssituation zu erfahren.

Die Wahrsager sind oft unverfroren und frech.

Sie haben eine gute Beobachtungsgabe und eine bestimmte Methode.

Natürlich: die Sterne lügen nicht, denn sie sprechen ja überhaupt nicht, sie schweigen.

So auch die Karten: sie lügen nicht, sondern sie schweigen.

Personen, die wahrsagen, sind oft auf sich selbst bezogen, wollen selbst Anerkennung und Macht haben über andere.

Bin ich ein Scharlatan?

Ich beachte es an mir und andere mögen es an mir noch mehr beobachten, dass ich verschiedene Richtungen, besonders im esoterischen und astrologischen Bereich, als Scharlatanerie bezeichne.

Was aber ist ein Scharlatan?

Es ist jemand, der in beredter Weise vorgibt, über bestimmte Fähigkeiten zu verfügen und andere, Leichtgläubige, hinters Licht führt?

Er ist eine Art Schwindler, einer der täuscht.

Außerdem sehe ich in einem Scharlatan einen, der Handlungen ausführt und der damit an die Öffentlichkeit geht, ohne einen genügenden Hintergrund zu haben. Seine Anmaßung, seine Mittelmäßigkeit stört ihn nicht. Er spürt seine Unzulänglichkeit, seine Laienhaftigkeit nicht, er hat keinen Selbstzweifel, er ist sich selber gegenüber nicht kritisch.

Er ist sich seiner sicher, er macht sich oft aufdringlich bemerkbar. Er sieht die Grenzen nicht (seine und die der anderen).

Ein Scharlatan kann mir nicht Vorbild sein.

Auf wen berufe ich mich mit meinen Ansichten?

Ich lobe die Könner, die Meister, die Klassiker, die nehme ich mir zum Vorbild. Ich sehe die Qualität, das Perfekte, das Niveau.

Ich sehe die Philosophie, die Wissenschaft.

Als einen Scharlatan bezeichne ich einen, der die Welt und die Dinge wesentlich anders sieht als ich.

Damit ist meine Arroganz, meine Überhebung verbunden, mein Besserwissen. Bin auch ich ein Scharlatan?
Urteile und beurteile ich immer richtig.
Urteile ich nicht zu schnell? Bin ich nicht überheblich?
Was habe ich entgegenzusetzen?
Was *ich* bisher von mir gezeigt und preisgegeben?
Was bilde ich mir eigentlich ein, wer *ich* bin?
Nordöstlich von Neapel liegt die kleine Stadt Cerreto.
Von dort kamen viele Marktschreier: italienisch Cerrentano, französisch charlatan.
Von dorther stammt der Name Scharlatan.
Ist Cerreto nicht nur ein Ort in Italien, sondern auch ein Zustand, ein Ort in meiner, in unserem Innern?

Gleichgültigkeit

An einem trüben Herbsttag raffte ich mich auf, es mag zwei Jahre her sein, eine Besuchsreise anzutreten.

Im Übermut meiner damaligen Naivität ging ich zunächst zur hiesigen Tageszeitung und ließ mich beim Leiter der Feuilleton-Redaktion melden. Da ich unbekannt war, landete ich bei einer sehr freundlichen Redakteurin im Vorzimmer, Fräulein Zitzewitz. Sie war mir vom Sehen bekannt. Hatte ich sie schon des Öfteren im Theater gesehen. Offenbar war sie eine Kritikerin. Aha, da bin ich richtig, freute ich mich. Als ich ihr mein Angebot vortrug, bemerkte ich einen eigentümlichen Blick in ihren Augen. Ihre Freundlichkeit war verschwunden. Ein seltsames Gefühl stieg in mir auf, das ich nicht richtig verstehen konnte. Halb schob sie mich aus dem Büro hinaus, halb bin ich selbst gegangen. Meine Euphorie war verflogen, Ärger und Zweifel in mir. Nach kurzer Zeit hatte ich mich gefasst. Wer bin ich denn, dass ich mich von dieser Feuilleton-Hexe aufregen lasse. Freilich, ich war unangemeldet gekommen, hatte mir jedoch einige Worte zurecht gelegt, die an dieser Dame abprallten. Da erinnerte ich mich an einen Satz meiner Mutter: Schau dir die Lippen einer Frau an. Hat sie kleine, zusammengepresste Lippen, dann kann sie keine Gefühle zeigen. Ja, so eine war diese Undankbare, da hab ich nichts versäumt, sagte ich mir als Trost.

Die Welt steht mir ohnehin offen. Auf zur nächsten Attacke.

Zum Chefdramaturgen des Theaters, den ich vom Sehen kannte. Er müsste mich eigentlich kennen. Ich traf ihn vor seiner Bürotür, aus der er gerade heraustrat. Mein freundliches »Guten Tag« erwiderte er sehr freundlich, fast untertänig. Als ich bat, ihn kurz sprechen zu können, ließ er mich vor der Türe stehen. Er säuselte kein verzücktes »Oh, Ach, ausgezeichnet, einmalig,« sondern sagte nur: »legen Sie die Sachen dort auf den Stapel« und verschwand mit einem ironischen Lächeln. Ich war gewarnt worden: Wenn du zu X gehst, bist du bald wieder allein, er lässt sich auf kein Gespräch ein und huscht davon. Deshalb nennt man ihm im Theater auch den schnellen Frank. Dass er stockschwul ist, habe ich damals überhört und das geht mich auch nichts an. Als ich seine Bürotür verließ, hatte ich wieder dieses seltsame Gefühl wie vorhin bei der Redakteurin. Es kroch in mir hoch, es war kein Zorn, keine Wut, kein Neid. Es ist etwas anderes, was in mir nagt.

So schnell gebe ich aber nicht auf.

Ich meldete mich bei einem Universitätsprofessor, einem Lehrstuhlinhaber meines Fachs. Begabungen, wie ich gehört habe, fördert der Herr Professor. Mehr noch, als ich bei ihm eintrat, begrüßte er mich freundlich. Ich war sehr nervös, dass ich einen Versprecher herausbrachte. »Herr Kollege« sagte ich. Er hatte eine große Hornbrille auf, die er jetzt abnahm. Ich sah seine neugierigen Augen. »Womit kann ich dienen, Herr Kollege?« Er schien sehr viel Zeit zu haben. Ein Staatsbeamter kurz vor der Pensionierung, dachte ich, macht sich ein schlaues Leben. Bevor ich ihm mein Anliegen vortrug, klärte ich ihn auf, dass ich kein Professorenkollege bin, sondern nur ein einfacher Volksschüler, ohne mittlere Reife, oder Abitur. Als ich ihm erzählt hatte, was ich von ihm wollte, verfinsterte sich sein Gesicht. Ich bemerkte seine Schrecken und Befremdetsein. Was ich ansprach, löste keine Begeisterung aus. So fremd kam ihm mein Wunsch vor, dass er schnell sich herauszuwinden wusste. Er hatte keine lobenden Worte für mich, kein Herz für mich, keine Ermutigung. Ich war ihm ein unbequemer Fremder geblieben, kein Freund geworden.

Er stand auf und begleitete mich zur Tür. Da bemerkte ich, dass er breiter als hoch war und dass er vor Intelligenz kaum laufen konnte.

Wieder war dieses seltsame Gefühl da. Wieder übermannte es mich, wieder zweifelte ich, verdüsterte es mein Leben. Aufgeben: Nein. Weiterkämpfen, steilere Wege beschreiten.

Da hinten, ein Schloss auf dem Berg, es gehört dem Herrscher des Landes. Er steht mit seinem Einfluss über der Redakteurin, dem Fräulein Zitzewitz, dem flotten Dieter und Professor Unverstand. Mühsam schleppte ich mich in die Höhe. Vor dem Tor standen mehrere Uniformierte.

Als ich in Richtung des Tores wollte, gab mir einer von ihnen, ein großer Kerl, ein Zeichen: »Nicht stehen bleiben«. Ich musste mir einen Trick ausdenken. Offiziell ging es nicht.

Ich ging um das Schloss herum. Da stand ein größeres Schloss. Dort muss ich hinein. Riesen stehen vor den Toren. Sie schauen alle geradeaus zur Höhe des ersten Tores als wollten sie es beschützen. Ich versteckte mich hinter dem rechten Bein eines Riesen. Der sah mich nicht. Nach einer Weile starrte ich zum Tor. Ein Riese kam gerade heraus. Mein Atem stockte. Der Riese blickte stur geradeaus und bemerkte mich nicht. Die Tür fiel langsam hinter ihm ins Schloss, so dass ich leicht in das Schloss hineingelangen konnte. Ich versteckte mich hinter einer Holzwand. Nach einiger Zeit sah ich in der Mitte eines Saales eine riesige Frau sitzen, wie versteinert. Ihre Blicke waren zu Tor gerichtet, ihre Augen regungslos. Erst dachte ich, das muss ein gemeißelter Koloss sein, dann bemerkte ich, dass sie atmete. Ihre Kleider waren grau, von einem so fürchterlichen Grau, wie ich noch keines gesehen hatte. Ich betrachtete den Saal, alles grau, kein Möbelstück, nur der leere, gähnende Raum, nur diese Frau.

Ich hatte schon längst nicht meinen Sinnen mehr getraut. Träumte ich? War ich verrückt geworden oder war es ein Märchen?

Während ich noch nachsann, stand die Riesenfrau auf, begab sich in einen Nebenraum. Nun blieb ich wie versteinert sitzen. Gott sei Dank hatte sie keine Augen für mich. Als sie aufstand, sah ich, dass unter ihrem Thron ein Name eingemeißelt war. Es fiel mir wie Schuppen von den Augen. Es war, als hätte ich plötzlich ein Studium über mich und mein Werkanliegen absolviert. Nun erkannte ich wieder das seltsame Gefühl, das mich wurmte.

Auf dem Thron war es eingemeißelt. Es heißt: die Gleichgültigkeit.

Der Blinde und der Taubstumme

Seit heute Früh stehe ich auf der Bühne im Wald und habe die Narrenkappe noch immer auf, neben mir die kleine Muse. Sie schweigt. Was soll ich tun? Ich sehe die breite Treppe, die von der Bühne hinunter auf den Waldboden führt plötzlich ganz deutlich.

Soll ich hinunter schreiten und mich auf das Gras legen und schlafen? Habe ich das Narrensein satt? Gut, dass heute niemand vorbei gekommen ist und mich hier oben stehen sieht. Welche Blamage, welches Getuschel. Ich höre die Menschen sprechen: Schau der Narr, dort auf der Bühne, allein im Wald. Der muss wohl nicht ganz dicht sein.

Die Muse schaut ihn schweigend an. Blöde Muse, denke ich. Mein Rücken tut mir weh. Ich bräuchte jetzt eine kräftige Frauenhand, die mich massiert und durchknetet und nicht eine, die mich zum Schreiben inspiriert. Oder eine Muse, die mir eine kräftige Brotzeit bringt: Greyerzer Käse, Appenzeller dazu, eine ordentliche Portion Bündnerfleisch und süß-saure Gurken aus Günters Bundeswehr-Feldküche in der Oberpfalz. Und natürlich ein frisch gezapftes, großes Münchner Oktoberfest-Bier und nicht eine Muse, die mich ernst nimmt mit meinem Schreiben. Aber die Muse steht noch immer in der Ecke und schweigt weiter.

Lieber wär‹ mir jetzt auch eine Muse, die meine Phantasie in einer ganz anderen Richtung beflügelt, eine andere Schublade von mir öffnet. Man hat ja so viel in den Zeitungen von Billy Boy und einer Mona ... , Monalisa oder so ähnlich gelesen. Na, ja, wer weiß, vielleicht kommen einige Mädchen von der Reeperbahn gerade jetzt hier vorbei, so ganz zufällig. Ich will darum noch ein bisschen warten. Die kleine Muse schweigt noch immer. Es wird ein Drama mit uns: Stehen und schweigen.

›Lass‹ Dir endlich etwas einfallen‹, brülle ich sie jetzt an, ›sonst nehme ich mir eine andere Muse‹, brülle ich weiter. Da schreit auch sie: ›Du unvernünftiger Kerl, zu bist zu blöd, dass Du nicht einmal Hilfe annimmst‹. Und eh‹ ich mir's versehe, hat sie mir eine schwarze Augenklappe um meine Augen gelegt und hinter dem Kopf fest verknotet. Nun sehe ich nichts mehr. Narrenkappe und Augenklappe. Das kann ja heiter werden, denke ich.

›Mach‹ Dir nichts draus‹, sagt sie, ›auch die Sehenden sehen nur das, was sie sehen wollen. Das meiste, was Menschen Dir bisher gelernt haben, haben sie selbst nicht richtig gesehen. So kannst Du auch als Blinder die anderen Blinden führen. ›Und nun‹, spricht die Muse weiter, ›gebe ich Dir jetzt einen Gefährten an die Hand, mit dem kannst Du von diesen Brettern herunterkommen und in die Welt wandern.‹

Da, plötzlich, spüre ich eine feste, kräftige Hand in der meinen, die mich von der Bühne herunter begleitet.

›Wie heißt Du‹, frage ich, aber es kam keine Antwort. Ich frage noch einmal ›wer bist Du, wie heißt Du, aber es kam wiederum keine Antwort.

Da sagte die Muse ›Weißt Du, er kann Dich nicht hören, denn er ist taubstumm.‹

›Was, taubstumm?‹

›Ja‹, sagte sie weiter. ›Das ist gut für Dich. Dem kannst Du alle Deine Geschichten, alle Gedichte, Deine philosophischen Aufsätze usw. erzählen, er hört Dich nicht. Er wird nichts verstehen von dem, was Du schreibst. Und er kann Dich auch nicht kritisieren oder Dir widersprechen. Für ihn bist Du nur ein Mensch, sonst nichts weiter. Nur Dein Lachen wird er verstehen, wenn er Dein Gesicht anschaut und es lachen sieht.‹

Soweit ist es schon mit mir gekommen, fuhr es mir durch den Kopf. Ein Blinder und ein Taubstummer tun sich zusammen.

Ja, war es in der Geschichte der Menschheit nicht immer so: die Blinden haben die großen Reden geschwungen und die stumme Masse hat sich nicht artikuliert, hat geschwiegen.

Also wurde mir klar: Wenn man mich nicht versteht, kann ich ja jeden Mist verzapfen. Vielleicht findet es am Ende einer noch ganz gut.

Da musste selbst die Muse lachen.

Mein bester Freund

Endlich gehe ich mal wieder spazieren und komme in einen Wald. Als ich einige Stunden gegangen bin, sehe ich plötzlich eine Hütte. Ich bleibe stockend stehen, betrachte sie, werde neugierig. Wer mag dort drinnen wohnen? Ich suche ein Namensschild oder eine Klingel und finde keine. Ich rufe ›Hallo, ist dort jemand‹, und noch einmal etwas lauter ›hallo, hallo‹. Niemand antwortet mir. Ich drücke die Türklinke, die Tür geht ganz leicht auf und ich betrete die Hütte.

Niemand ist da, ich bin ganz allein. Was soll ich tun? Ich verspüre etwas Angst, so ganz alleine in einer fremden Hütte, die nicht mein Eigentum ist. Ich setze mich auf einen bequemen Stuhl, der an einem großen Eichentisch steht. Ich schaue mich nach allen Seiten um.

Da, plötzlich fällt mir ein: ich bin ja gar nicht allein. Ich habe einen lieben, verlässlichen Freund bei mir; einen Freund, der mich schon des Öfteren begleitet hat, der mich genauso gut kennt, wie ich mich selber kenne. Einer, der manchmal sogar mehr von mir weiß, als ich selber weiß, der nichts vergessen hat, was ich ihm einmal anvertraut habe. Ein Freund, der traurig ist, wenn ich meine Vorsätze nicht einhalte und Pläne nicht umsetze, ein Freund, den ich ganz notwendig brauche. Auch jetzt, in dieser Minute in der Hütte der Waldeinsamkeit wird er mir wichtig. Ich greife in meine Tasche, nehme ihn heraus, falte ihn auseinander, glätte ihn noch etwas.

Ein Blatt Papier halte ich in den Händen.

Hätten die Menschen kein Blatt Papier gehabt, wüsste ich nichts von Romeo und Julia, würden die Märchen von Jorinde und Joringel nicht kennen, nicht das Rotkäppchen, Aschenputtel oder Dornröschen. Ich wüsste nichts von Herkules, Theseus und Jung Siegfried, nichts wüsste ich von Orpheus in der Unterwelt, nichts von Julius Cäsar, Wilhelm Tell oder Wallenstein. Alle Märchen, alle Sagen und Legenden wären mir nicht bekannt. Wer würde Immanuel Kant noch kennen, wenn er nicht in seiner Studierstube in Königsberg auf ein Blatt Papier geschrieben hätte? Wer würde Platon, Spinoza, Descartes, Leibniz noch persönlich kennen? Wir kennen nur das, was sie einmal auf ein Blatt Papier geschrieben haben. Auch die Bibel, die Evangelien, die Lehren Buddhas wurden aufgeschrieben. Wir wüssten nichts von Gedichten Mörikes oder Rilkes, hätten nichts von Gottfried Keller, nichts von Thomas Mann gehört, wenn sie nicht einmal vor einem leeren Blatt Papier gesessen und es beschrieben hätten.

Ja, die Magie des weißen Blattes schlägt viele in ihren Bann.

Vor einem leeren Blatt, da sitzen seltsame Menschen. An den Ufern der schreibenden Kunst, da tummeln sich viele, zum Sprunge über das Ufer bereit. Aber nur wenigen gelingt es zum Sprung an das andere Ufer anzusetzen, und noch viel weniger kommen auf der anderen Uferseite tatsächlich an.

Von tausend Dichtern nur einer Unsterblichkeit erhält
und irgendeine Muse ihn zu den Großen stellt.

Und nun sitze ich da, vor Dir, mein Freund aus Papier.
Was soll ich schreiben? Liebesbriefe habe ich ganz wenige in meinem Leben geschrieben. Manchmal wurden
sie vermisst. Sicher, diese wenigen bestehen wahrscheinlich gar nicht mehr. Gut so, damit kann ich keinen Staat
machen. Briefe an Freunde und Bekannte? Ganz selten.
Nur einmal in die Tiefe gehend und überhaupt keine Antwort bekommen. Nein, auch damit kann ich mich nicht
brüsten. Heute bin ich zu dem Briefeschreiben schon zu
alt. Abgehakt. Es ist nicht mein Metier.

Einige Zeitungsartikel, ja natürlich, damals schon, mit 17
bis 19 Jahren, und alles wurde in der Tageszeitung ohne
Kürzungen und Korrekturen gedruckt. Mein erstes Ho-
norar kam: ein paar Mark und mein Name in der Zeitung.
Fast jede Woche einmal. Wahnsinn! Meine Schulkame-
raden ›Mensch Helmut, Dein Name steht in der Zeitung‹.
Freilich, es war nur eine Lokalzeitung, eine Kreiszeitung.
Aber immerhin: es waren meist Filmkritiken, Theater-
besprechungen, Veranstaltungsbesprechungen usw.
Bald stand vor meinen Artikeln das Kürzel VK, das heißt
Volkskorrespondent.

Was ich heute noch an mir bewundere war mein dama-
liger Mut, ja, meine Unverfrorenheit, oder – wenn man
es freundlich abmildernd aussprechen möchte: meine
Freude am Schreiben. Heute würde ich das nicht mehr
wagen, nicht einmal einen Leserbrief in eine Zeitung unter meinem Namen veröffentlichen lassen. Die Zeit der
Wunder ist lange vorbei.

Blicke in die Vergangenheit

Nun ist er schon im Herbst, obwohl er es nicht wahrhaben möchte.

Noch scheint die Sonne jugendlicher Gefühle in seine Gedanken, noch ist er wie ein unbeholfener Pennäler erregt, wenn er eine junge, attraktive Frau sieht. Das Alter scheint wie weggeblasen. Noch ist der Drang da, zu erobern.

Dann ist seine Arthrose im rechten Knie nur eine Nebensächlichkeit. Dann sind die Fotos, die er von sich manches Mal betrachtet, wenn er sich als alter, bärtiger, halbglatzköpfiger Greis sieht, eine Täuschung der Sinne.

Heute spürt er es in allen Gliedern, dass sich sein Tagewerk in den Herbst geneigt hat, als er auf einem stillen Waldweg aufwärts strebt. Jeder Schritt, jede Wegmarke wird ihm schwerer und er sehnt sich nach einer ruhigen Bank, auf der er sich ausruhen kann. Dort hinten, nur noch wenige Meter, hat er oft geruht, auf der Bank mit dem schönen Talblick. Diese Sicht in die Ferne lockt ihn und er nimmt alle Kraft zusammen, um das Ziel seines Ausruhens bald zu erreichen.

Dort nur noch der kleine Steg, der über ein Bächlein gespannt ist, und dann ist es nicht mehr weit. Als er an den Holzsteg kommt, lehnt an seinem Geländer ein kleiner Junge, ganz in sich versunken, und weint. Der Alte will zu ihm hingehen und den Jungen fragen, was los sei – aber da läuft der Kleine weg, ohne den Mann auch nur eines

Blickes zu würdigen. Als der Alte sich umdreht, ist der Junge in einem dichten Nebel unsichtbar geworden.

Da wird's ihm sonderbar. Seit Tagen ist ein seltsames Drängen in ihm, das er sich nicht erklären kann. Lange war er nicht mehr draußen gewesen in seinem Wald. Ein Bücherwurm war er gewesen, die Stimme anderer hatte er vernommen. Der Welt des Geistes war er begegnet. Aber auf seine Stimme hatte er zu wenig gehört.

Und da der kleine weinende Junge, die Tage seines Lebens ziehen vorüber. Auch er hat als Knabe einmal großes vorgehabt. Vergangenheit und Gegenwart verschwimmen vor seinem Auge, es ist ein hallender Ruf in ihm: Reihe dich ein in die Kette des Geistigen, befreie deine Seele vom Suchen, gib ihr die Kraft, die in deinem Innern webt ...

Gibt es menschliches Leben auf anderen Planeten?

Wir haben in diesem Jahrhundert unheimlich viel erreicht: Flugzeuge fliegen am Himmel, Fernsehsendungen kommen ins Haus, die Weltraumfahrt hat begonnen, Telefax usw. Ich brauche die ganzen Fortschritte hier nicht aufzuzählen. Es sind Dinge, die wir uns vor 100 Jahren nicht vorgestellt haben, zumindest die meisten von uns nicht.

Wir müssen für die Zukunft noch Fragen offen lassen, die wir heute einfach nicht beantworten können, das, was wir heute als *möglich* bezeichnen müssen.

Heute wissen wir nichts Bestimmtes über Leben auf anderen Planeten, alles sind nur Spekulationen (Ufos, Außerirdische usw.).

Wir geben uns nicht mit der Erforschung dieses Jahrhunderts zufrieden, sondern wir erweitern sofort die menschlichen Möglichkeiten und stoßen in einen noch weiteren Bereich vor.

Es wird weitere Entdeckungen und Erfindungen im Laufe der Zeit geben und auch unser Denken und Wissen wird sich verändern. Ich verweise also auf die Zukunft.

Heute müssen wir das Leben auf der Erde in Ordnung bringen.

Die Frage lautet also: Gibt es Leben auf anderen Planeten interessiert mich eigentlich nicht.

Es ist dieses Leben zu meistern.

Wir haben einfach zu viele Probleme, die wir noch nicht gelöst haben.

Erst müssen wir dem anderen sagen, dass wir ihn lieben, ihm Geborgenheit geben und nicht nach den Sternenmenschen suchen.

Wenn wir Leben auf anderen Planeten annehmen, können wir sagen, das Leben kam aus ferneren Räumen zu uns, es ist also ist es eine Verschiebung oder Hinausschiebung der Frage, wie Leben entstanden ist.

Es gibt Menschen, die es sich bei so schwierigen Fragen nach Gott und der Schöpfung sehr einfach machen und sagen, das Vorhandene stammt aus einem Überweltall, wodurch unser Kosmos zu einem Objekt unter unzählig vielen gemacht wird.

Und damit erübrigt sich die Antwort, also wir verschieben gewissermaßen die Ordnung.

Auch Gott selbst wird immer wieder zu einer großen Verschiebung, selbst in der Kirche.

Wenn wir sagen ›vergelt's Gott‹, dann meinen wir eine Verschiebung in eine fernere Zeit, d.h. in den Himmel nach dem Tod.

Die Welt der Mütter

Die Mutter ist die Wurzel des Lebens.

Die Erde, die gemeinsame Mutter. Beide feminin.

Der Schweizer Forscher Johann Jacob Bachofen hat 1859 das Werk Mutterrecht und Urreligion herausgebracht.

Er ist aus seiner Sicht zum Entdecker der Urfamilie und der menschlichen Urreligion geworden.

Es ist die Anschauung des Mutterrechtes, in diesem hat der Vater keine andere Bedeutung als die des Sämannes, der, wenn er den Samen in die Furche gestreut, wieder verschwindet.
Das Gezeugte gehörte der Mutter an, die es hegt und pflegt.

Viel später sind erst die Ausschaltung der Frauen aus dem öffentlichen Leben und das Verschwinden der Muttergottheiten in das Bewusstsein getreten.

Bachofen schreibt:
Das Mutterrecht wächst organisch aus der Natur menschlichen Lebens und Muttergottheiten repräsentieren das Mutterrecht im Kosmos, also Mutterrecht und Religion werden verbunden.

In den späteren Jahren wurde die Stellung der Frau immer schwächer und ihr wurde der häusliche Bereich zugeteilt.

In neuerer Zeit Emanzipation der Frauen, Frauenrechte.

Bachofen hat durch sein Werk Anregungen für die Mythologie – Ethnologie, Religionswissenschaft und Philosophie gegeben.